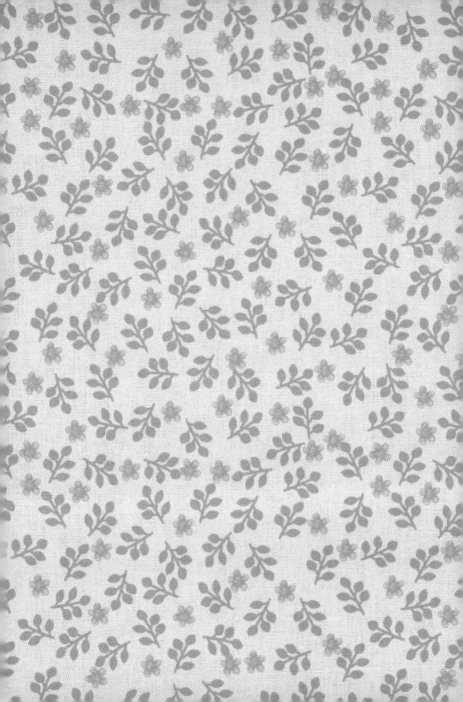

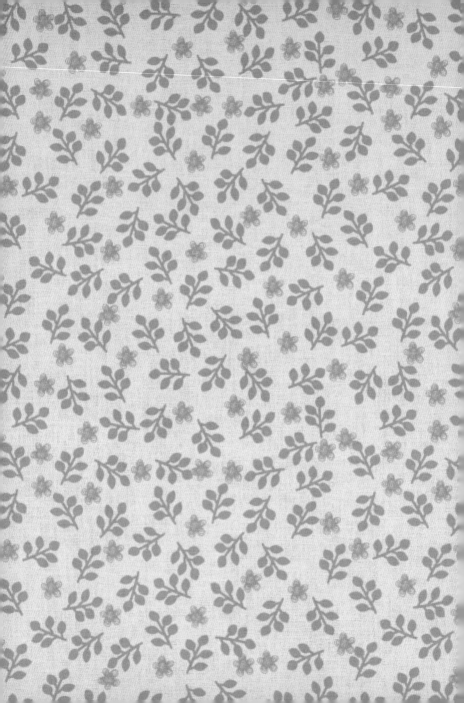

미녀들의 식탁

국립중앙도서관 출판시도서목록(CIP)

(닮고 싶고 따라하고 싶은) 미녀들의 식탁 / 유한나. — 고양 : 위
즈덤하우스, 2012
  p. : cm

ISBN 978-89-5913-677-3 03810 : ₩13800

식생활[食生活]

594.6-KDC5
641.563-DDC21   CIP2012001618

미녀들의 식탁

초판 1쇄 인쇄 2012년 4월 9일 초판 1쇄 발행 2012년 4월 20일

지은이 유한나 감수 최우승
펴낸이 연준혁

출판 6분사 분사장 이진영
편집 정낙정 박지숙 박지수 최아영
디자인 차기윤 제작 이재승

펴낸곳 (주)위즈덤하우스 출판등록 2000년 5월 23일 제13-1071호
주소 경기도 고양시 일산동구 장항동 846번지 센트럴프라자 6층
전화 031)936-4000 팩스 031)903-3891 홈페이지 www.wisdomhouse.co.kr
종이 월드페이퍼 인쇄·제본 (주)현문

값 13,800원 ⓒ 유한나, 2012
ISBN 978-89-5913-677-3 03810

닥고 싶고 따라하고 싶은

미녀들의
식탁

유한나 지음

예담

Cont
ents

2부 세상을 움직인 그녀들의 식탁

3부 그녀들을 즐겁게 한 그들의 식탁

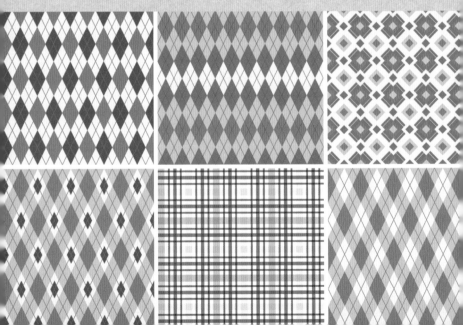

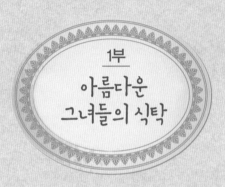

1부

아름다운
그녀들의 식탁

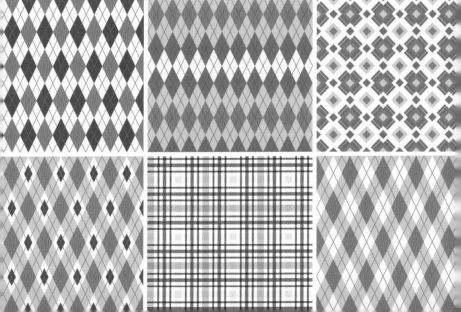

01

날씬한
몸매의
비밀

오드리 헵번의 고단백질 · 저탄수화물 식단

가장 아름다운 여성, 20세기의 아이콘, 영화 〈티파니에서 아침을〉, 〈마이 페어 레이디〉, 〈사브리나〉, 〈로마의 휴일〉의 주인공 오드리 헵번은 많은 사람의 가슴에 살아 있는 대표적 여배우다. 20세기를 화려하게 살았으며, 지금도 많은 여성의 선망의 대상이자 남성의 로망으로 남아 있는 그녀. 여성들이 그녀를 동경하는 이유는 다양하지만, 그중에서도 평생 날씬한 몸매를 유지했다는 것도 한몫할 것이다. 한 해, 두 해 나이를 먹으며 그만큼 나잇살도 같이 키우고 있는 우리에 비해 그녀는 어떻게 그렇게 한결같은 몸매를 유지할 수 있었을까?

대부분의 비밀이 그렇듯, 실제로 그녀의 몸매 비결은 특별한 것이 없으며 오히려 매우 간단하다. 그녀의 몸매 관리 비결은 고단백질·저탄수화물 식단에서 그 답을 찾을 수 있다. 오드리 헵번은 탄수화물을 줄이고 단백질과 채소 위주로, 자신의 기준에 따라 짠 식단을 지켜서 식사를 했다. 평소에도 소스를 첨가하지 않은 과일이나 채소를 즐겨 먹었으며, 충분한 단백질 섭취에도 신경을 썼다. 그렇다고 소식을 한 것은 아니다. 먹고 싶은 음식은 무엇이든 잘 챙겨 먹은 덕분에 그녀는 다이어트 때문에 음식을 먹지 못하는 스트레스에 시달리지도 않았다. 한마디로, 푸짐하고 여유로운 식사를 즐긴 것이다.

오드리 헵번은 간식을 많이 먹지는 않았지만, 가끔은 좋아하는 초콜릿을 먹었다. 사람들은 대부분 평소 간식을 먹지 않고 식사 시간에만 밥을 먹는 것이 몸매 유지와 다이어트에 효과적이라고 생각하지만, 간식을 먹는 것은 에너지가 떨어질 경우 순간적으로 에너지를 얻을 수 있으며, 신진대사를 활발하게 해주는 훌륭한 방법이다. 따라서 적은 양의 간식은 순간적으로 에너지를 충전할 수 있기에 많이 먹지만 않으면 추천할 만한 좋은 습관이다.

오드리 헵번이 실천한 고단백질·저탄수화물 식단은 영양학적으로도 효과가 있는 방법이다. 우리 인체를 이루는 가장 중요한 영양소는 지방, 단백질, 탄수화물이다. 그리고 우리 몸은 지방, 단백질, 탄수화물의 연소 과정에서 활동 에너지를 얻는다. 그렇지만 탄수화물은 우리 몸에 열량을 제공하는 가장 중요한 요소지만 과다하게 섭취할 경우 비만을 초래한다. 또 탄수화물 중독을 일으킬 수 있기에 양을 적절하게 조절해 섭취해야 한다.

특히 성인병의 원인으로 지방과 함께 탄수화물이 거론되고 있다는 데 주목할 필요가 있다. 지방의 위험성에 대해서는 오래전부터 경고해왔기에 대부분 그 위험성을 알고 있지만, 탄수화물의 위험성은 거의 인식하지 못하고 있기 때문이다.

우리가 주식으로 섭취하는 대부분의 식품은 탄수화물로 되어 있는데, 정제된 탄수화물은 금세 배가 부르다는 느낌을 주지만 소화·흡수되는 시간이 짧고 음식을 먹은 뒤 체내 혈당치를 급격히 올리므로 혈당을 조절하기 위한 인슐린의 분비가 많아진다. 따라서 가급적 정제하지 않은 탄수화물을 먹는 것이 좋다. 간

단히 말해 흰쌀밥보다는 현미밥이 좋다는 것이다. 또 기름(지방)을 제거한 단백질과 섬유질이 풍부한 채소, 과일을 섭취하는 것도 성인병 예방에 큰 도움이 된다.

하지만 비만이나 성인병을 초래한다고 해서 너무 적은 양의 탄수화물을 섭취하면 오히려 건강에 악영향을 미칠 수 있다는 것을 기억해야 한다. 오드리 헵번도 하루 필요한 최소한의 탄수화물은 꼭 섭취했다.

탄수화물 섭취를 줄이면 인체는 활동하기 위한 에너지원을 얻기 위해 체지방을 분해하게 된다. 탄수화물 섭취를 최소한으로 줄이고 단백질만 섭취하는 방법으로 다이어트를 하는 애킨스 박사의 '애킨스 다이어트'(황제 다이어트라고도 한다)가 이 원리를 이용한 것이다. 애킨스 다이어트는 탄수화물 섭취를 극단적으로 제한하고 동물성 단백질만 섭취하므로 영양의 불균형이 생길 수 있으며, 동물성 지방과 콜레스테롤 섭취량이 많아져 건강에 무리가 올 수 있다. 따라서 애킨스 다이어트는 장기간 하지 않는 것이 좋다.

애킨스 박사의 다이어트가 집중적으로 탄수화물 섭취를 제

한한다면, 오드리 헵번은 일시적 다이어트를 위해 탄수화물을
제한한 것이 아니라, 균형 잡힌 고단백질·저탄수화물 식단을 평
생 꾸준히 지킴으로써 몸매를 유지한 것으로 알려져 있다.

오드리 헵번의 식단은 다양한 영양소를 골고루 섭취하고 적
은 양의 음식을 섭취하는 소식과 중간에 약간의 간식으로 열량
을 섭취하는 식단으로, 우리가 알고 있는 가장 '이상적인 식사'
방법이다. 그다지 어렵지 않은 소박한 식단으로, 항상 골고루 먹
어야 한다는 방법 그대로다.

또 그녀는 스트레스를 받지 않고 즐거운 마음으로 음식을 먹
었다. 음식을 먹을 때 살이 찔 염려를 하거나 건강에 대한 걱정
을 하게 되면 실제로 좋은 음식도 독이 될 수 있다. 긍정적 마음
가짐과 균형 잡힌 건강한 식단, 즐거운 마음으로 먹고 싶은 것을
먹고, 푹 자고, 산책을 즐기는 그녀의 습관이야말로 몸매 유지 비
결이자 지금도 그녀를 아름다움의 상징으로 남게 해준 힘이다.
이렇듯 음식에 관해 비교적 여유로웠던 그녀의 생각은 음식을
제한해야 한다는 스트레스에서 자신을 자유롭게 했다.

바람직한 식생활을 위해 가장 중요한 것은 다양한 식품을 골

고루 먹는 것이다. 한 가지 식품만 계속 먹다 보면 영양의 균형이 깨질 수밖에 없다. 모든 영양은 과도하게 공급하거나 공급이 끊기면 문제가 발생하게 마련이다. 따라서 적절히 균형 잡힌 식단은 매우 중요하다. 각각의 영양소는 나름대로 그 역할이 있기 때문에 여러 영양소를 골고루 섭취하려면 모든 종류의 식품군을 골고루 먹어야 한다. 그중 어느 한쪽으로 치우친 식생활은 잠깐은 좋다고 느껴질 수 있지만, 오랜 기간 그러한 식생활을 하다 보면 영양의 불균형 때문에 몸에 무리가 가게 된다. 오드리 헵번은 먹고 싶은 것이 있을 때는 아이스크림, 케이크, 파스타 등 가리지 않았다. 균형 잡힌 식단을 지키면서 뭔가 먹고 싶은 생각이 들 때는 스트레스 받지 않고 마음껏 먹은 것이다. 또 무엇을 먹든 배가 부르면 더 이상 먹지 않았는데, 날씬한 몸매를 유지하기 위해서는 '과식'하지 않는 습관도 매우 중요하다.

영양을 골고루 섭취하되, 탄수화물 섭취를 줄이고 단백질 위주의 식사를 한다면 오드리 헵번처럼 날씬한 몸매를 유지할 수 있을 것이다. 탄수화물을 먹지 말라는 것이 아니라 먹는 양의 비율을 조절하라는 뜻이다. 특히 단백질은 여러 식품에 들어 있지만 신경을 쓰지 않으면 부족해지기 쉬운 영양소이므로 꼼꼼히 챙겨 먹어야 한다.

　대표적인 단백질 식품으로 치즈를 꼽을 수 있는데, 다른 식품과 비교할 때 칼로리와 탄수화물 함유량이 낮고 단백질 함유량은 높은 고단백질 식품이다. 코티지치즈처럼 집에서 직접 만들어 먹는 치즈는 신선하고, 맛이 담백하며, 만들기도 쉬워 다이어트를 하는 여성이나 주부들이 간단히 만들어 먹기 좋다.

코티지치즈

재료 우유 500ml, 생크림 120g, 레몬즙 60g, 소금 3g, 설탕 8g

1. 우유와 생크림은 중간 불에 끓인다.

2. 1이 한소끔 끓으면 레몬즙, 소금, 설탕을 넣고 3~4분간 더 끓인다.

3. 체에 면 보자기를 깐 뒤 2를 붓는다.

4. 3을 3시간 정도 두어 물기를 뺀다.

5. 랩이나 용기에 4를 넣고 모양을 잡는다.

02

맑고
투명한
피부의 비밀

고현정의 물

피부 미인의 대명사로 통하는 고현정. 그녀는 한 토크쇼에 출연해 손을 자주 씻고 절대 얼굴에 손대지 않으며, 히터나 에어컨 바람이 얼굴에 직접 닿지 않게 하는 것이 피부 유지 비결이라고 말했다. 겨우 그 정도가 아름다운 피부를 유지하는 비결이라고? 의심하는 사람들도 있겠지만, 그녀의 말은 진실이다. 얼굴의 수분을 보호하기 위해 직접적인 바람을 막아 피부를 건조하지 않게 하는 데 신경을 쓰는 그녀의 방법은 고운 피부 유지를 위해 가장 좋은 것이다. 냉난방은 피부의 수분을 빼앗는 주요 원인 중 하나이므로 피부의 수분을 유지하려면 실내 습도를 항상 일정 수준에 맞추는 것도 중요하다.

그렇다면 고현정의 피부가 왜 관심의 대상이 되었을까. 아름다움의 기준이 단순히 얼굴이나 몸매에서 나아가 피부의 아름다움으로 바뀌었기 때문이다. 요즘은 피부에 대한 관심이 날로 높아지고 있다. 많은 여성이 좋은 피부를 위해 화장품을 바르고, 두드리고, 마사지를 하는 등 노력을 아끼지 않는다. 꿀 피부, 물먹은 피부라고 일컫는 잡티 없이 깨끗한 피부는 현대를 살아가는 여성들의 바람을 넘어 경쟁력으로 자리 잡았다.

그런데 피부는 한번 손상되면 재생하고 회복하는 데 많은 시간과 비용이 드는 데다, 일단 노화가 시작되면 되돌리기 어렵다. 그런 만큼 무엇보다 꾸준히 그리고 체계적으로 관리하는 것이 중요하다.

고현정처럼 몸속 수분을 빼앗기지 않도록 노력하는 것은 피부를 아름답게 가꾸는 가장 손쉬운 방법이다. 에스테틱 브랜드에서 수분을 지켜주는 화장품을 출시하거나 수분을 유지하는 화장법 개발에 심혈을 기울이는 것도, 수분을 지키는 것이야말로 피부에 가장 좋다는 것을 단적으로 보여주는 사례다.

몸속 수분을 빼앗아가는 주요 원인이 되는 것은 술, 차, 커피, 탄산음료, 담배, 햇빛 등이다. 현대인이 가장 즐기는 기호품이 모두 해당되기 때문에 사실 이 모든 것을 즐기지 말고 햇빛을 피해 다니라고 할 수는 없다. 따라서 이러한 기호품을 즐기면서도 피부의 수분을 빼앗기지 않는 식습관을 찾아 지켜나가는 것이 중요하다.

일반적으로 많은 여성이 차나 커피를 마시면서 그것으로 수분을 충분히 섭취했다고 생각한다. 하지만 수분을 섭취하려면 차나 커피보다는 순수한 물을 마셔야 한다. 차와 커피는 이뇨 작용을 활발하게 해주기 때문에 오히려 몸속 수분을 빼앗기게 된다. 결과적으로 피부의 수분까지 빼앗아 피부가 푸석푸석하고 거칠어진다. 이러한 과정에서 주름이 생기는데, 싱싱하고 수분이 많은 과일이 마르면서 쭈글쭈글한 주름이 생기는 것과 같은 원리라고 생각하면 된다. 따라서 수분을 빼앗기면 주름이 생기고 노화가 빨라진다.

술도 커피나 차와 크게 다르지 않다. 사실 피부의 적이라는 점에서는 같은 편이라고 할 수 있다. 알코올을 많이 섭취하면 몸속 수분과 피부의 수분을 빼앗겨 피부가 거칠어지고 메말라진다. 그런데 술을 마시고 나면 얼굴에 홍조를 띠거나 화장이 잘 받는 것 같은 느낌이 들어 피부가 좋아진다고 착각하는 사람도 있다. 이는 술로 인한 순간적 체온 상승과 모세혈관의 확장 때문에 나타나는 일시적 증상이다. 따라서 효과가 있다고 느낄 수는 있지만, 장기적으로 보면 오히려 피부에 악영향을 미친다.

술, 차, 커피, 탄산음료를 마실 때는 가급적 물을 많이 마시는 것이 좋다. 술, 차, 커피, 탄산음료는 몸속 수분을 배출하므로 그만큼 수분을 따로 보충해야 한다. 피부가 필요로 하는 수분을 보충하지 않고 계속 배출만 한다면 피부는 사막처럼 건조해질 수밖에 없다. 그래서 술, 차, 커피, 탄산음료 등을 마실 때는 음료 한 잔에 물 두세 잔을 마시는 것이 좋다.

피부에 물이 중요하다는 것은 고현정뿐 아니라 피부가 좋은 여자 연예인이 입을 모아 말하는 노하우이기도 하다. 아직도 겨우 물이냐고 생각할 수도 있지만, 사실 '겨우' 물이 아니다. 수분은 인간의 생명을 유지하는 가장 중요한 요소다. 인간은 음식을 섭취하지 않고는 몇 주일이라도 버틸 수 있지만, 수분의 20퍼센

트를 상실하게 되면 생명에 위협이 될 정도로 몸에 큰 영향을 미친다. 인체의 70퍼센트를 차지하는 것이 바로 물이다. 얼굴의 피부도 70퍼센트의 물로 이루어져 있다고 생각하면 피부와 물의 상관관계를 이해하기 쉬울 것이다. 피부의 표피는 10~20퍼센트, 진피는 70퍼센트 정도의 수분을 머금고 있을 때 가장 최적의 상태를 유지할 수 있으며, 보기에도 아름답다.

얼굴의 피부에 수분 함유량이 부족하면 주름이 생기고, 살이 늘어지기도 하며, 거칠어지고 건조해진다. 결국 노화가 진행될 수밖에 없다. 나이 든 사람의 피부일수록 수분 양이 적다는 것은 누구나 알고 있을 것이다. 수분은 몸의 체온 조절과 체조직의 구성 성분을 이루는 것 외에도 영양소와 노폐물을 운반한다. 따라서 수분을 충분히 공급해야 몸속 독소와 노폐물이 원활히 배출될 수 있다.

디톡스 전문가 제인 스크리브너는 《내 몸의 독소를 씻어내는 물》이라는 책에서 물을 이용한 디톡스로 몸속 독소와 노폐물을 배출하는 방법을 추천했다. 그녀는 수분을 최대한 빼앗기지 않는 방법으로 조리하는 것만으로도 디톡스 효과를 볼 수 있다

고 강조했다(뒤에 소개하는 '워터 디톡스를 위한 수프'는 제인 스크리브
너의 레시피다). 이처럼 물은 몸속 수분의 균형을 위해서도 꼭 필
요하지만, 노폐물 배출을 촉진함으로써 아름다운 피부를 가꾸는
방법이 되기도 한다.

　고현정은 한 매체와의 인터뷰에서 평소 물을 자주 마시고, 비
타민 영양제와 비타민이 풍부한 과일과 채소를 즐겨 먹는 등 비
타민 섭취에 신경을 쓰고 있으며, 인스턴트식품은 절대 먹지 않
는다고 했다. 몸속 수분을 지키는 방법은 고현정처럼 비타민을
섭취하고 수분을 지속적으로 공급하는 것이다. 피부 보호의 기
본인 세수를 하거나 기초 관리를 할 때 수분을 충분히 공급하
는 것도 좋지만, 실제로 하루에 2리터 정도의 물을 꾸준히 마시
는 것도 중요하다. 무조건 2리터 정도의 물을 마시라는 것은 아
니다. 무엇이든 과하면 좋지 않듯이, 물도 마찬가지다. 너무 많은
양의 물을 마실 경우 오히려 몸이 붓는 현상이 나타날 수 있다.
그러면 물은 어떻게 마셔야 효과가 있을까?

　먼저 아침에 일어나면 한 컵 정도의 물을 마신다. 이때 마신
물은 밤새 몸에 쌓인 노폐물을 배출하도록 도와주는 것은 물론,

신진대사를 활발하게 해 혈액순환도 원활하게 만들어준다. 물을 마실 때는 고현정처럼 비타민이 풍부한 과일을 함께 먹는 것이 좋다. 그리고 식사를 하기 전 물을 한 잔 마시는 것이 좋은데, 과식하는 것을 막아주므로 다이어트를 할 때도 효과적이다.

물 마시는 일을 쉽다고 생각할지 모르지만, 의식적으로 마시지 않으면 피부의 수분 균형을 지킬 수 없다. 결국 물을 많이 마신다는 고현정의 피부 비결은 꾸준히 수분을 공급해 피부의 수분을 보존하는 것이다. 충분한 양의 물을 마시면 몸과 얼굴을 수분이 가득한 탱탱하고 빛나는 피부로 가꿀 수 있다.

▶ 물먹은 피부로 가꾸는 습관

1. 하루에 2리터 이상 물 마시기

2. 술, 커피, 차, 탄산음료의 섭취량 줄이기

3. 냉난방기의 바람 피하기

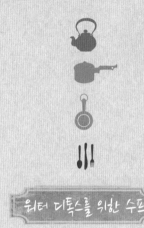

워터 디톡스를 위한 수프

재료   양파 1/2개, 마늘 3~4쪽, 양배추 1/4개, 감자(큰 것) 1개, 쌀(불린 것) 1컵, 채소 육수 250ml,
올리브 오일 1작은술, 후춧가루 약간

1. 양파, 마늘, 양배추는 손질한 뒤 다진다.

2. 달군 팬에 올리브 오일을 두르고 양파, 마늘을 갈색이 날 때까지 볶다가 양배추를 넣어 익힌다.

3. 감자는 1cm 크기로 깍둑썰기한 뒤 채소 육수를 부어 삶는다.

4. 3에 불린 쌀을 넣어 끓인다.

5. 2를 4에 넣어 골고루 섞은 뒤 후춧가루로 간한다.

6. 5의 4분의 1을 덜어 크림 상태가 되도록 믹서에 간다.

7. 6을 5에 넣고 다시 한 번 잘 섞는다.

TIP
농도는 육수로 조절한다.

03

탄탄한 몸매의 비밀

앤젤리나 졸리의 토마토

많은 여배우 중 유난히 건강하고 몸매가 탄탄한 배우가 누구냐고 묻는다면, 아마도 대부분의 사람들이 앤젤리나 졸리를 꼽을 것이다. 앤젤리나 졸리는 단순히 아름다운 여성이 아니라 여전사의 이미지로 자리 잡을 정도로 탄력 있고 탄탄한 몸매를 자랑한다. 그녀의 몸매 자체에서 풍기는 자신감 있는 오라(aura)는 어쩌면 현대 여성의 로망일지도 모른다. 그런 그녀가 몸매 비결을 토마토라고 말해서 화제가 된 적이 있다. 우리가 일상 식생활에서 자주 접하는 식품 중 하나가 토마토 아니던가. 이 평범하고 흔하디 흔한 토마토를 많이 먹으면 앤젤리나 졸리 같은 몸매를 지닐 수 있다고? 흥미로운 얘기가 아닐 수 없다.

토마토는 과연 어떤 식품이기에 이런 영향을 미치는 걸까. 앤젤리나 졸리는 하루에 500그램의 토마토를 섭취하는 것으로 알려져 있다. 조리를 하지 않은 생토마토를 먹기도 하지만, 올리브오일이나 소금을 뿌려 맛을 낸 뒤 먹기도 한다.

토마토는 포만감을 주는 채소이기에 식사하기 전에 먹으면 식사를 적당히 할 수 있어 칼로리 조절을 하는 데 간단한 대용식으로 유용하다. 특히 앤젤리나 졸리처럼 근육을 만들면서 체중 관리를 하고 싶다면 토마토가 가장 적합하다. 토마토에는 칼륨이 풍부하게 들어 있어 나트륨의 배설을 촉진해 몸이 붓지 않고 탄력을 유지해주기 때문이다. 또 유기산 성분이 많이 들어 있어 체지방의 분해를 도와주므로 다이어트나 몸매 관리를 할 때 유용한 식품이다.

토마토는 100그램당 15칼로리 정도이기 때문에 아홉 개에서 열한 개 정도가 밥 한 공기의 칼로리와 비슷하다. 또한 토마토에는 지방을 연소시키는 유전자를 촉진하는 성분도 들어 있다. 이는 많은 양의 토마토를 먹는다고 해서 다이어트에 문제될 게 없

다는 뜻이다.

토마토는 전 세계에서 가장 많이 나는 작물 중 하나로 그만큼 소비량도 많다. 실질적으로 우리나라보다 서양에서 토마토를 음식에 사용하는 빈도나 양이 훨씬 더 많다. 우리나라 사람들은 익혀 먹는 것보다 생으로 먹는 것이 더 익숙하지만, 유럽을 비롯한 서양 사람들은 익혀 먹거나 가공식품으로 만들어 먹는다. 이는 토마토를 효과적으로 섭취하는 방법이다. 하지만 다이어트를 위해 토마토를 먹는다면 가공식품보다는 날것 그대로 섭취하는 것이 더 효과가 있다.

무거운 육류 중심의 식사를 할 때 익힌 토마토를 곁들이는 것은 바람직한 식습관이다. 토마토는 육류의 산성을 중화해주며 소화 작용을 돕기 때문이다. 특히 토마토에 함유된 수용 식이섬유소인 펙틴 성분은 콜레스테롤의 흡수를 낮춰 체내에 쌓이는 것을 막아준다. 또한 섭취시 장에서 쉽게 용해·팽윤되어 끈적끈적한 점성을 나타내어 포만감을 부여하고, 포도당의 흡수를 지연시키는 효과가 있다.

토마토를 즐겨 먹는 나라를 떠올리면 일반적으로 이탈리아가 연상되므로 토마토의 발상지를 이탈리아로 생각하기 쉽다. 하지만 토마토의 역사는 이탈리아에서 토마토를 먹기 시작한 시점보다 더 오래전으로 거슬러 올라간다. 안데스 산맥에서 자연적으로 서식하던 토마토는 중앙아메리카와 멕시코로 건너가게 되었고, 이후 아메리카 대륙이 발견되면서 16세기경 유럽에 소개된 것이다. 토마토를 유럽에 처음 소개한 것은 에스파냐인으로, 이들은 토마토를 식용으로 쓰기보다 화분에 심어 관상용으로 이용했다.

토마토는 이렇듯 식품이 아닌 용도로 유럽에 처음 뿌리를 내렸다. 토마토를 먹지 않은 이유는, 토마토의 겉모습과 성분에 대한 오해 때문인 것으로 보인다. 특히 토마토는 유럽에서 최음제로 알려진 맨드레이크라는 식물과 모양이 비슷해 유럽인은 토마토를 최음제 성분이 들어 있는 채소라고 인식하게 되었다. 또한 토마토의 붉고 강렬한 겉피의 색 때문에 성적인 인상을 수었고, 또 한입 베어 물면 입안에 퍼지는 새콤달콤한 맛과, 씨와 함께 흘러나오는 과즙 모양 때문에 성욕을 자극하는 야한 작물이라는 생각을 하게 됐다. 이 때문에 청교도 정신이 팽배하던 17세기, 미국에서는 토마토 재배 금지령이 내려지기도 했다.

토마토가 이탈리아에 전파된 시기는 16세기다. 이탈리아 역시 당시에는 다른 유럽 국가들과 마찬가지로 식용으로 쓰지 않았고 재배조차 하지 않았다. 이탈리아에서 토마토를 처음 식용으로 재배한 것은 18세기경 나폴리 지방에서다. 그러고 보면 이탈리아 요리에 자주 쓰이는 식자재인 토마토가 정작 이탈리아에서 식용으로 쓰인 역사는 그리 길지 않으니 아이러니하다.

토마토는 2001년 〈타임〉지가 4대 건강 장수 식품으로 선정했으며, 10대 건강식품으로 선정되기도 했다. 과거 금기 식품에서 건강을 지켜주는 식품으로 그 위치가 크게 달라진 것이다.

음식은 단순히 먹는 것으로 그치는 것이 아니라, 제각각 들어 있는 성분 때문에 우리의 건강과 밀접하게 관련돼 있다. 특히 음식의 색소에 들어 있는 피토케미컬(phytochemical)은 과거 그 존재를 몰랐으나, 최근 선명한 색을 띤 음식에 들어 있는 영양소로 알려져 관심이 높아졌다. 빨강, 주황, 노랑 등 다양한 색의 식품에 피토케미컬이 많이 들어 있으며, 이 성분은 암을 예방하는 데 효과가 있다. 피토케미컬은 지금까지 알려진 5대 영양소 외에 식물에 함유된 다른 영양소를 말하는데 항산화·항염·해독 작용을 하는 것으로 알려져 있으며, 채소와 과일의 색이 화려하고 짙을수록 많이 함유돼 있다.

토마토는 빨갛게 익을수록 영양가가 높아진다. 토마토에는 비타민 A·B·C·E가 들어 있으며, 특히 비타민 C가 풍부하다. 또 미네랄 성분과 체내에서 합성되지 않는 베타카로틴을 함유하고 있으므로 매일 먹는 것이 좋다. 같은 토마토지만 방울토마토는 일반적으로 접하는 토마토보다 미네랄과 비타민 A가 풍부하게 들어 있기 때문에 방울토마토로 영양을 섭취하는 것도 좋다.

토마토는 붉은색을 띤 레드 푸드에 해당하는데, 붉은색 식품은 피로를 해소해주고 항암 효과가 있다. 또 색 자체에서 연상되는 매콤한 맛과 달콤한 맛 덕분에 식욕을 자극한다. 붉은색 식품은 대체적으로 피를 맑고 깨끗하게 해주며, 심장에 좋은 영향을 미친다. 특히 레드 푸드에 들어 있는 라이코펜 성분은 혈관을 튼튼히 해주므로 고혈압이나 동맥경화를 예방할 수 있다. 식품의 붉은색을 띠는 색소에는 세포의 노화를 늦춰주고 항암 효과가 있는 안토시아닌 성분과 라이코펜 성분이 풍부하게 함유돼 있어 나이 든 사람일수록 붉은색 식품 섭취를 늘리는 것이 좋다. 특히 토마토를 가열하면 라이코펜 성분이 두 배로 늘어나므로 익혀 먹으면 항암 효과가 더욱 높아진다. 이렇듯 토마토는 건강과 아름다움을 챙기는 훌륭한 식품이다.

토마토를 이용한 몸매와 체형 관리는 앤젤리나 졸리뿐 아니라 캐머런 디아즈, 린지 로한, 제니퍼 애니스턴도 즐겨 이용하는 방법이다. 캐머런 디아즈의 경우 아침 식사로 토마토를 먹고 있으며, 제니퍼 애니스턴은 식사량을 줄이기 위해 포만감이 큰 토마토를 식사 때마다 한 개씩 먹은 뒤 식사를 한다. 린지 로한은 디톡스를 위해 다이어트를 할 때 3일 동안 올리브 오일, 미네랄 워터와 함께 토마토만 먹기도 한다.

디톡스는 몸속 노폐물과 독소를 배출하는 것으로 최근 몸속 독소를 배출하면 건강해진다고 알려져 다이어트, 화장품, 먹는 보조식품에 이르기까지 디톡스를 활용하고 있다. 그런데 이 디톡스를 간단하게 할 수 있는 방법이 '토마토'를 먹는 것이다.

어떤 식품이든 너무 많은 양을 섭취하면 영양 과잉이 될 수 있는데, 토마토는 그런 걱정을 하지 않아도 된다. 비타민 A는 지용성으로 몸에 축적되지만 식품으로 섭취할 경우 영양 과잉을 염려하지 않아도 된다. 단, 완전식품은 아니기에 토마토만 섭취하는 것은 영양의 불균형을 초래할 수 있다는 점을 기억하자. 특히 단백질, 철분, 칼슘 같은 필수영양소가 부족하므로 다른 식품군을 섭취하면서 보조적으로 같이 먹는 것이 좋다.

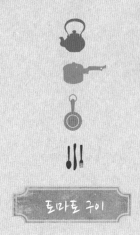

토마토 구이

재료 토마토 3개, 모차렐라 치즈 150g, 올리브 오일 3큰술, 소금 · 후춧가루 약간씩

1. 토마토는 꼭지 부분을 손질하고 도톰하게 썬다.

2. 1에 올리브 오일, 소금, 후추가루를 뿌린다.

3. 모차렐라 치즈는 토마토 두께로 썬다.

4. 오븐 용기에 토마토와 치즈를 번갈아 놓는다.

5. 4를 200℃로 예열한 오븐에 넣어 15분간 굽는다.

04

나이를
잊은
미모의 비밀

황신혜의 견과류

우리나라뿐 아니라 일본에서도 미인으로 인정 받고 있는 황신혜는 마흔을 훌쩍 넘긴 나이임에도 여전히 날씬한 몸매와 아름다움을 유지하고 있다. 그녀는 평소 몸매 유지와 관리를 위해 열심히 운동한다고 알려져 있지만, 사실 운동만으로 젊음과 아름다움을 지키기는 어렵다. 특히 노화의 흔적을 찾아볼 수 없는 그녀의 피부와 몸매는 나이보다 훨씬 어려 보이는데, 이 역시 단순히 바르고 마사지를 하는 것만으로는 불가능하다. 그녀의 건강한 몸매 비결은 음식에서 찾을 수 있는데, 그렇다면 그녀가 매일 챙겨 먹는 음식은 무엇일까?

황신혜는 아침마다 말린 과일, 견과류, 우유, 바나나, 미숫가루를 갈아 만든 건강 음료를 먹는다고 한다. 호두, 땅콩, 잣, 아몬드, 밤 같은 견과류에는 불포화지방산과 미네랄, 비타민 A·B1·E가 들어 있어 피부 노화를 방지하는 식품으로 알려져 있다.

호두는 견과류 중 열량이 높은 편이지만, 단백질과 비타민을 많이 함유한 알칼리성식품이다. 호두에 함유된 지방은 대부분 불포화지방산이므로, 콜레스테롤 수치를 높이지 않고 고혈압이나 각종 성인병을 예방하는 데 효과가 있다. 불포화지방산은 호르몬 생성과 분비를 조절하는 역할을 하므로 반드시 섭취해야하는 지방이다. 특히 호두에는 미네랄과 비타민 A·B1·E가 많이 들어 있어 혈액순환을 도와주면서 피부와 모발에 영양을 공급하기 때문에 피부 미용에도 좋다. 간단한 피부 질환에도 효과가 있어 적당량의 호두를 먹으면 건강하고 아름다운 피부를 가꾸는데 도움이 된다.

땅콩은 견과류 중 단백질과 지방이 풍부하게 들어 있다. 특히 단백질을 많이 함유하고 있으며 필수아미노산과 비타민 E가 풍부해 피부 미용과 노화 방지에 효과가 뛰어나다. 항산화 작용

을 하는 폴리페놀 성분도 들어 있어 활성산소를 제거하기도 한
다. 땅콩의 속껍질에 있는 피토케미컬 성분은 신체의 생리 작용
을 원활하게 해주므로 가능한 한 속껍질을 벗기지 않고 먹는 것
이 좋다.

잣은 비타민 E 함유량이 높아 노화 방지에 효과적이며, 피부
가 건조한 사람에게 좋은 견과류다. 철분 함유량도 높아 빈혈을
예방하고 관절염에 효과가 있기 때문에 갱년기 여성은 잣을 많
이 먹으면 도움이 된다.

아몬드는 비타민 E, 칼륨, 인, 칼슘이 풍부하게 들어 있다. 불
포화지방산도 많이 함유해 특히 성인병 예방에 효과적이다. 아
몬드에 들어 있는 칼슘과 인은 뼈에 좋은 성분이므로 성장기 어
린이나 갱년기 여성에게 좋다.

밤은 탄수화물, 단백질, 비타민이 풍부하게 들어 있으며 칼
슘, 철, 칼륨 등 영양소도 골고루 함유한 완전식품으로 환자식이
나 이유식으로 적합하다. 특히 비타민 C가 많이 들어 있어 성인
병 예방, 피부 미용, 피로 해소에 도움이 된다. 단, 비타민 C는 열
에 약하므로 가열해서 먹는 것보다는 생으로 먹는 것이 더 효과

적이다. 밤에는 또한 비타민 B_1도 들어 있는데, 이는 체내 신진대사를 활발하게 해 몸의 기운을 보하는 데 효과가 있다. 밤의 타닌 성분은 혈액을 맑게 해주고, 밤에 다량 함유되어 있는 폴리페놀 성분은 콜레스테롤을 제거하는 효과가 있다. 단, 변비가 있는 사람은 타닌 성분이 변비를 악화시킬 수 있으므로 껍질을 완전히 제거하고 먹는 것이 좋다.

이처럼 견과류는 종류에 따라 효능이나 영양에 약간의 차이는 있지만, 그 차이가 크지 않으므로 무엇이든 항상 곁에 두고 챙겨 먹어야 한다. 특히 대부분의 견과류에 들어 있는 불포화지방산은 성인병을 예방하는 데 큰 도움이 된다. 뿐만 아니라 불포화지방산은 혈액순환을 원활하게 하기 때문에 피부를 보호하면서 피부 세포도 활성화해준다. 또 남성호르몬을 생성시키는 원료가 되므로 스태미나를 강화하고 성욕을 촉진하는 효과도 있다.

대부분의 견과류에는 식물성 단백질이 포함돼 있어 육류를 먹지 않는 사람들이 먹으면 영양의 균형을 유지할 수 있다. 또 견과류에는 인체가 스스로 합성하지 못하기에 음식으로만 공급이 가능한 필수지방산이 함유돼 있다. 따라서 지방을 바람직하게 섭취하는 방법 중 하나가 견과류를 통한 공급이라고 할 수 있다. 특히 피부 미용, 노화 방지, 갱년기장애, 성인병 예방에 효과가 있는 견과류는 30대 이후 여성에게 매우 좋은 식품이다.

황신혜는 음료에 말린 과일, 견과류, 우유, 바나나, 미숫가루를 넣어 마시는데 이는 피부 노화 방지에 탁월한 효과가 있다. 또한 식사 대용으로 활용할 만큼 포만감을 주므로 당연히 다이어트에도 좋다. 일반적으로 견과류에 대한 잘못된 오해 중 하나가 견과류에 포함된 지방 때문에 살이 찐다는 것이다. 하지만 지방이 많이 들어 있는 식품은 당질이나 단백질보다 위장 안에서 머무르는 시간이 길기 때문에 금세 포만감을 느끼게 한다. 또 십이지장 안에 지방이 머물러 있을 경우 배가 고프다는 느낌을 억제하는 호르몬이 분비되므로 포만감을 느낄 수 있다. 특히 아침에 섭취하는 견과류는 배가 부르다는 느낌을 유지해주므로 황신혜처럼 아침에 견과류를 갈아 먹는 것은 하루의 식사량을 조절할 수 있는 바람직한 방법이다. 즉, 견과류에 들어 있는 지방은 음식의 섭취량을 조절해 과식을 피하게 해주는 역할을 한다.

다이어트를 하거나 체중 조절을 할 경우 지방이 적게 들어간 음식 위주의 식단은 체중 감량에 효과가 있는 것 같지만, 실제로는 원상태의 몸무게로 금방 되돌아오므로 저지방으로만 구성한 식단은 다이어트에 효과적이라고 할 수 없다. 뿐만 아니라 지방이 너무 적으면 공복감을 느끼게 되고 이로 인해 다른 음식의 섭취량이 늘게 된다. 배고픔을 견딜 수 없게 하는 것이다. 따라서 공복감을 피하기 위해 약간의 지방은 섭취하는 것이 좋다. 또 당류가 높은 식품을 먹을 경우 몸속에 에너지가 저장되므로 살이 찔 확률이 높지만, 견과류는 탄수화물이나 당분을 함유한 다른 식품군과 달리 당도가 낮아 그런 걱정은 하지 않아도 된다.

견과류는 가능하면 아침에 갈아 먹는 것이 좋지만, 여건이 안된다면 간식으로 가지고 다니며 배가 고프다는 느낌이 들 때마다 조금씩 먹는 것도 좋다. 다른 음식 섭취를 줄일 수 있는 좋은 방법이며, 절제하지 못하고 많은 음식을 섭취하는 데서 오는 스트레스도 피할 수 있다. 단, 이때 먹는 견과류에는 설탕이나 소금을 뿌리지 않아야 한다. 나트륨이나 당 섭취는 몸매와 피부 관리에 좋지 않은 습관이다.

사실 견과류는 황신혜뿐 아니라 많은 트렌드세터가 즐겨 먹는 식품이다. 우리나라를 방문한 미란다 커는 올바른 음식을 통한 식습관이 중요하다고 강조하며 평소 견과류를 자주 먹는다고 했다.

좋은 식품도 지나치게 많이 섭취하면 문제가 생길 수 있는 만큼 견과류도 한꺼번에 너무 많은 양을 먹으면 역효과가 날 수 있다. 적당량을 먹으면 음식물의 소화를 도와주지만 너무 많이 먹으면 위장의 소화·흡수 능력이 떨어질 수도 있으며, 칼로리 과다 섭취로 살이 찔 수 있으므로 적당한 양을 조절해가며 먹는 것이 좋다. 특히 호두는 약간의 독성이 있어서 설사를 할 수도 있으며, 몸에 열이 많은 사람은 피하는 것이 좋다.

이런 점을 고려할 때 황신혜처럼 다양한 영양 성분의 말린 과일, 견과류, 우유, 바나나, 미숫가루를 신선한 상태에서 갈아 만든 음료는 맛도 좋고 만들기도 간편할 뿐 아니라 비타민, 미네랄, 불포화지방산을 효과적으로 섭취하는 좋은 방법이다.

황신혜의 건강 음료

재료 우유 2/3컵, 바나나 1개, 미숫가루 1큰술, 호두 1큰술, 잣 1/2큰술, 아몬드 1/2큰술,
땅콩 1/2큰술, 밤 1개, 말린 과일(믹스) 2큰술

1. 믹서에 말린 과일과 호두, 잣, 아몬드, 땅콩, 밤을 넣어 간다.
2. 1에 우유와 바나나를 넣어 간다.
3. 2에 미숫가루를 넣어 섞는다.

05

귀족적인
고고함의
비밀

귀네스 팰트로의 바나나

귀네스 팰트로는 단지 날씬하다, 미인이다라는 표현보다 귀족적인 고고함이 돋보이는 여배우라고 할 수 있다. 영화 〈위대한 유산〉에서 그녀는 가녀리지만 우아한 자태를 뽐내 전 세계 여성의 부러움을 샀다. 그녀 역시 세월의 흔적이 전혀 묻어나지 않는 배우 중 한 명이다. 마흔이란 나이를 앞둔, 게다가 두 아이의 엄마인 그녀가 2011년 〈데일리메일〉에 공개한 상반신 누드는 세월이 그녀만 비켜간 듯 감탄사를 자아내게 했다.

귀네스 팰트로가 밝힌 몸매의 비결은 요가와 평범하지만 특별한 과일인 바나나다. 그녀는 바나나를 이용한 다이어트로 몸매를 유지한다고 밝혔다.

　바나나로 체중을 조절하고 몸매 관리를 하는 다이어트는 우리나라에서도 최근 선풍적 인기를 끌고 있는 방법 중 하나다. 하지만 바나나 다이어트의 원조는 일본이다. 특히 일본에서는 바나나로 만든 바나나 식초 다이어트가 큰 관심을 받았는데, 귀네스 펠트로를 비롯한 많은 스타가 이 방법으로 다이어트를 한 것으로 알려졌다. 바나나 식초의 장점이 복부의 살은 빼주지만 가슴은 그대로 유지해준다고 알려져 글래머러스한 몸매를 원하는 여성들에게 큰 인기를 끌었다.

　귀네스 펠트로의 몸매 관리 비법이라고 해서 더 관심을 끈 바나나 다이어트는 바나나 혹은 바나나 가루와 식초, 우유만 있으면 가능하다. 특히 많이 알려진 방법이 바나나 식초를 만들어 음용하는 것인데, 만드는 방법도 간편해서 따라 하기 쉽다. 바나나, 식초, 흑설탕을 1:1:1 비율로 준비해 식초에 설탕을 녹인 뒤 바나나와 섞어 상온에서 하루 정도 숙성시킨다. 그 후 2주 정도 냉장 보관한 뒤 바나나는 건져내고 남은 음료만 먹으면 된다. 숟가락으로 떠 먹어도 되고, 물에 희석해서 수시로 마시는 것도 좋다.

식초는 많은 다이어트에서 음용을 권하는 음료다. 체내 콜레스테롤이나 중성 지방을 밖으로 배출하며, 독소를 배출하는 디톡스 역할을 하기 때문이다. 또 지방의 합성을 억제하면서 분해를 촉진하기 때문에 다이어트에 효과가 있다. 바나나 식초에 넣는 설탕은 정제하지 않은 흑설탕이 적합한데, 미네랄이 풍부해 신진대사를 활발하게 하며 영양을 효과적으로 공급한다. 바나나 다이어트를 할 때는 우유를 함께 마시면 더욱 좋다. 우유에는 칼슘과 단백질이 들어 있어 다이어트 후 생길 수 있는 근육 손상, 체력 저하, 스트레스를 완화해주기 때문이다.

마트에 가면 산더미처럼 쌓인 흔해 빠진 바나나가 도대체 어떤 식품이기에 이런 효과가 있는 것일까. 바나나는 있을 건 있고, 없을 건 없는 과일이라 정의할 수 있다. 이른바 몸에 나쁘다는 지방, 나트륨, 콜레스테롤은 없고, 대신 몸에 좋은 섬유질, 비타민 A·C·B, 펙틴이 풍부하게 함유돼 있다. 또 베타카로틴 성분이 들어 있어 면역력을 높이고 노화를 방지하는 데 효과가 있다.

바나나는 탄수화물로 이루어져 있고, 과일 중 칼로리가 비교적 높으며, 당분이 많이 들어 있는 식품으로 한 개당 80칼로

리 정도라 고영양식에 속한다. 그래서 살찌는 음식이라고 생각할 수 있는데, 물론 다른 채소나 과일과 비교할 때 열량이 높은 편이라 많이 먹으면 살이 찔 수도 있다. 하지만 지나치게 많이 먹어 살이 찌지 않는 식품은 거의 없지 않은가. 바나나는 채소와 비교할 때 상대적으로 칼로리가 높은데도 지방은 적고 당질은 많이 들어 있어 많이 먹지 않아도 포만감을 주기 때문에 이런 염려는 하지 않아도 될 듯싶다. 300칼로리 선후의 밥 한 공기보다 적은 칼로리를 지니고 있음에도 밥을 먹은 것과 같은 포만감을 느낄 수 있어 식사량을 줄일 수 있다. 특히 바나나에 들어 있는 탄수화물은 포도당을 빠르게 공급할 수 있다는 장점도 있다는 걸 기억하자.

바나나에 풍부하게 들어 있는 식이섬유인 펙틴은 훌륭한 디톡스 역할을 한다. 식이섬유는 장의 활동을 활발하게 해 변비를 줄이고 몸속 노폐물을 배출하는 데 효과가 있다. 변비의 증상이 개선되니 당연히 다이어트에도 효과적이다. 그러나 덜 익은 바나나에는 타닌 성분이 들어 있어 떫은맛이 나며, 변비를 일으킬 수 있으므로 주의할 필요가 있다.

그렇다고 바나나가 다이어트 식품으로만 활용되는 것은 아니다. 바나나는 다른 과일에 비해 체내에 흡수되는 속도가 빠르므로 스포츠 선수나 건강관리를 위해 운동하는 사람들이 즐겨 먹기 좋은 식품이기도 하다. 바나나가 운동을 할 때 에너지원이 될 수 있는 글리코겐이 고갈되는 것을 막아주기 때문인데, 오렌지 주스를 함께 마시면 더욱 효과를 볼 수 있다. 오렌지 주스에 들어 있는 구연산이 글리코겐을 체내에 효과적으로 저장할 수 있도록 도와주기 때문이다. 2010년 월드컵 때 우리 축구 대표팀 식단에 바나나가 들어간 것도 이러한 이유에서다. 따라서 다이어트를 할 때는 바나나를 먹으면서 운동을 하면 효과를 볼 수 있다.

바나나에 함유된 풍부한 미네랄은 몸매를 균형 있게 잡아주는 데 큰 효과가 있다. 특히 칼륨은 근육을 긴장하게 하고, 탄탄하고 균형 잡힌 몸매를 유지하는 데 도움이 된다. 그리고 몸속 나트륨을 배출해 몸이 붓는 것을 막아주기도 한다.

바나나는 크게 두 종류로 나뉘는데, 우리가 흔히 마트에서 사 먹는 노란색 바나나와 아프리카나 라틴아메리카에서 즐겨 먹는 녹색 바나나다. 녹색 바나나인 플랜틴은 우리가 먹는 노란 바나나와 달리 생으로 먹을 수 없으므로 굽거나 튀기는 조리 방법을 활용한다. 그냥 먹으면 단맛이 별로 없지만 익히면 표면이 녹색에서 노란색으로 변하며 고구마처럼 단맛이 나는 것이 특징이다. 플랜틴은 천연 플라보노이드를 함유해 기관지 계통에 좋지만 쉽게 접하기 어려운 과일이다. 미국 회사 '유나이티드 프루트'와 '스탠더드 프루트'에서 본격적으로 재배하기 시작한 노란색 바나나가 우리가 흔히 접할 수 있는 바나나다.

바나나를 이용한 다이어트는 귀네스 팰트로뿐 아니라 많은 스타가 비법으로 밝혔는데, 탤런트 안연홍과 서인영 그리고 데미 무어 역시 바나나를 이용해 다이어트를 했다. 안연홍은 식이섬유가 풍부해 포만감을 주는 바나나를 먹으며 다이어트를 했으며, 서인영은 닭 가슴살과 바나나를 이용한 식이요법으로 다이어트를 하고 있다. 데미 무어는 바나나와 다른 과일을 갈아 먹는 주스 다이어트로 단기간에 체중을 감량하기도 했다.

다이어트를 할 경우 일반적으로 정신적·육체적으로 많은 스트레스를 받게 되는데, 바나나에 함유된 성분 중 트립토판은 마음을 안정시키고 편안하게 하는 호르몬인 세로토닌을 만들어내 다이어트로 인한 스트레스를 줄일 수 있다. 또 장기 다이어트나 식이요법, 운동을 하면서 갑자기 몸이 피로하거나 힘이 들 때 바나나를 섭취하면 에너지를 얻을 수 있다. 바나나에 들어 있는 비타민 A와 C는 다이어트 시 피부가 푸석푸석해지는 것을 막아준다. 바나나를 갈아 피부 마사지를 하면 바나나에 함유된 비타민 A가 피부 각화 작용을 하고, 타닌 성분이 피부를 촉촉하게 해주며, 마그네슘이 리프팅에 효과를 준다.

바나나를 이용한 적절한 식이요법은 귀네스 팰트로처럼 귀족적인 고고한 아름다움이 느껴지는 피부와 몸매로 거듭날 수 있는 손쉬운 방법이다.

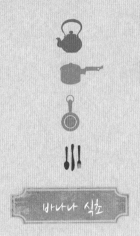

바나나 식초

재료 **바나나 700g, 흑설탕 700g, 흑초 700ml**

1. 바나나는 껍질을 벗긴 뒤 적당한 크기로 썬다.

2. 뜨거운 물로 소독한 용기에 흑설탕과 흑초를 넣는다.

3. 2를 중탕해 흑설탕을 녹인다.

4. 바나나를 3에 넣는다.

5. 하루 정도 상온에서 숙성시킨 뒤 2주간 냉장 보관한다.

6. 바나나를 건져낸 뒤 마신다.

TIP

완성된 식초는 요리할 때 소스로 사용해도 좋다.

06

몸속
건강 미인의
비밀

케이트 윈즐릿의 양배추

케이트 윈즐릿의 양배추

영화 〈타이타닉〉의 여주인공 케이트 윈즐릿은 날씬한 몸매의 여배우에게 익숙한 우리를 놀라게 한 인물이다. 당시 영화에 나온 그녀의 아름다운 얼굴에 비해 꽤 통통한 몸매가 인상적이었는데, 이후 그녀 역시 마른 몸매의 여성을 동경하는지 꾸준한 다이어트를 해 다른 여배우처럼 날씬한 몸매를 유지하고 있다. 이렇게 다이어트에 신경 쓸 수밖에 없던 그녀가 다이어트 식품으로 먹은 것은 다름 아닌 양배추다.

케이트 윈즐릿이 활용한 양배추는 그리스·로마 시대부터 서양에서 즐겨 먹던 가장 일반적이고 일상적인 채소 중 하나다. 그만큼 식용으로 쓰인 역사가 오래되었다. 양배추에는 칼륨, 라이신, 단백질, 칼슘, 베타카로틴, 식이섬유, 비타민 U·K 등 많은 성분이 함유돼 있다. 특히 비타민 U 성분은 다른 채소에는 거의 들어 있지 않은 성분으로 위에 좋은 식품으로 알려져 있다. 양배추에 함유된 비타민 U는 비타민 K와 함께 위 점막의 손상을 회복시켜 위염이나 위궤양의 발병을 억제한다. 다이어트를 위해 소량의 음식을 먹다 보면 속 쓰림을 호소하는 사람들이 있다. 하지만 양배추를 이용한 케이트 윈즐릿의 방법을 활용하면 이런 위장 장애 걱정 없는 다이어트가 가능하다.

양배추는 섬유질과 수분을 풍부하게 함유해 변비를 없애주기도 한다. 변비가 사라지면 체내 숙변과 독소가 제거되므로 장이 편안하고 건강해지는 효과를 볼 수 있다. 또 섬유질이 많이 들어 있는 채소는 포만감을 주므로 양배추 역시 식사량을 조절하는 데 많은 도움이 된다. 익히지 않은 양배추를 먹고 나서 식사를 하면 포만감 덕분에 음식의 양을 조절하기가 쉽다.

이렇게 영양이 많으면 칼로리가 높지 않을까 하는 염려가 될 텐데, 안심해도 좋다. 양배추는 영양이 풍부한 반면, 칼로리가 낮기 때문이다. 칼로리를 걱정하지 않고 충분히 먹을 수 있는 양배추를 이용해 다이어트 중 다양한 요리를 시도해보면 좋을 것이다.

양배추에 함유된 칼륨은 다이어트를 할 때 손실될 수 있는 영양을 보충해주며, 양배추의 칼슘은 우유와 비슷하게 잘 흡수되므로 다이어트 시 생기는 칼슘의 손실을 막아준다.

일반적으로 다이어트를 할 때는 탄수화물뿐 아니라 단백질 섭취를 줄이는 경우가 많은데, 양배추는 단백질의 기본 구성단위로 체내에서 합성할 수 없는 필수아미노산인 라이신을 많이 함유해 다이어트를 하는 사람과 성장기 어린이에게 훌륭한 식품이다.

많은 여성이 다이어트를 하는 동안 피부가 거칠어지고 트러블과 주름이 생기며 노화가 진행되는 것에 신경을 쓰게 된다. 극단적 식사 제한이나 원 푸드 다이어트로 영양 공급이 원활하게 이루어지지 않다 보니, 피부의 영양 성분도 빼앗기게 되어 다이어트가 끝나면 체중은 줄지 모르나 피부에 생긴 여러 문제를 또다시 끌어안게 된다. 그러나 케이트 윈슬릿처럼 양배추를 이용한 다이어트는 이런 고민을 할 필요가 없다. 양배추는 피부에 생긴 문제를 해결하는 데도 효과적이기 때문이다.

피부에 생기는 문제의 원인은 다양하지만, 그중 위장 질환은 가장 흔히 나타나는 피부 트러블의 원인이다. 양배추에 함유된 비타민 U는 위를 건강하게 해주어 위장 장애로 인해 생기는 피부 트러블을 예방하는 데 효과가 있다. 또 양배추에 들어 있는 칼륨은 나트륨 양을 조절하는 효과가 있어 여드름을 예방한다. 양배추 달인 물을 꾸준히 마시면 여드름이 현저히 줄어드는데, 단시간에 바로 효과가 나타나는 것은 아니니 2~3주 이상 꾸준히 실천하는 것이 좋다. 양배추를 이용한 팩도 피부에 매우 유용한데 양배추에 들어 있는 유황 성분이 피부의 살균 작용을 하며, 각질을 제거하고, 피지의 분비를 조절해준다. 단, 양배추는 피지

분비를 억제하는 작용을 하므로 건성 피부보다는 지성 피부인 사람들이 사용하는 것이 좋다.

양배추에 들어 있는 카로티노이드 성분은 항산화 작용을 하는데, 활성산소를 줄여주고 세포가 재생되는 것을 도와주어 피부를 젊고 활기차게 유지해준다. 뿐만 아니라 양배추에 들어 있는 비타민 C의 경우 콜라겐이 생성되는 것을 도와주고 주름을 예방하는 효과도 있으며, 멜라닌 색소의 침착을 막아 주근깨의 생성을 억제하고 여드름 자국을 옅게 해준다.

양배추를 먹는 가장 흔한 방법은 양배추를 달인 물을 마시는 것이다. 양배추 달인 물을 만드는 게 번거롭다면 양배추를 믹서에 갈거나 즙으로 만들어 마시는 것도 좋다. 이때 양배추 특유의 향이 너무 많이 난다면 사과나 딸기처럼 향을 중화해주는 과일을 넣어 갈아 마시면 된다.

양배추를 먹을 때 영양 파괴를 줄이려면 열을 가해 조리하는 것보다 날것으로 섭취하는 것이 좋다. 열을 가하면 무기질, 단백질, 탄수화물뿐 아니라 클로로필과 비타민도 파괴된다. 너무 오래 삶으면 무기질과 단백질은 원래 함유한 양의 2분의 1, 탄수화물은 3분의 2 정도 소실된다. 양배추는 가열할 경우 유황 성분 때문에 특유의 냄새가 나는데, 이때 식초를 약간 넣으면 냄새를 없앨 수 있다. 양배추를 삶거나 끓이게 되면 단맛이 증가하고 이 때문에 음식의 맛을 부드럽고 풍부하게 해준다. 육류 같은 동물 성 식품과 잘 어울리므로 같이 먹으면 좋다.

양배추를 이용한 케이트 윈슬릿의 다이어트 방법은 몸속부 터 건강한 미인으로 가꿔주는 매우 현명한 방법이다. 이렇게 양 배추는 다이어트뿐 아니라 피부 미용에도 효과가 있는 식품이 다. 할리우드의 많은 스타가 양배추 다이어트를 한 것이 알려지 면서, 젊은 여성들에게 폭발적 반응을 얻으며 건강한 몸매 관리 를 위한 방법으로 활용되고 있다. 이런 장점 때문인지 케이트 윈 슬릿뿐 아니라 제니퍼 애니스턴, 샤론 스톤, 미셸 페이퍼도 양배 추를 이용해 다이어트를 한 것으로 알려졌다. 최근에는 양배추 가 단순히 다이어트에만 좋은 것이 아니라 위 질환과 항암 효과 가 있다는 내용이 밝혀지면서 건강식품으로 각광받고 있다.

양배추 롤

재료 양배추 6장, 브로콜리 1/2개, 빨강·노랑 파프리카 1/2개씩, 양파 1/2개, 쇠고기(간 것) 200g,
미나리 6줄기, 말린 표고버섯 50g, 소금·후춧가루·허브 잎·치즈 약간씩
소스 재료 토마토 250g, 다진 마늘 2쪽 분량, 양파 1개, 셀러리 1줄기, 핫 소스 2큰술,
소금·후춧가루·올리브 오일 약간씩

1. 양배추, 브로콜리, 미나리는 소금물에 데친다.
2. 브로콜리와 양파, 파프리카는 잘게 다진다.
3. 표고버섯은 믹서에 간다.
4. 2와 3에 쇠고기, 소금. 후춧가루, 허브 잎을 넣어 반죽한다.
5. 양배추에 4의 반죽을 넣어 싼 후 미나리로 묶는다.
6. 5를 오븐 용기에 담아 소스를 넣고 기호에 따라 치즈를 올린 뒤
170℃로 예열한 오븐에 넣어 25분간 굽는다.

소스 만들기 1. 토마토는 믹서에 넣어 간다. 2. 달군 팬에 올리브 오일을 두른 후 다진 마늘과 채
썬 양파를 볶는다. 3. 2에 토마토를 넣고 셀러리를 잘게 다져 넣는다. 4. 3에 핫 소스와 소금, 후
춧가루로 간한다.

07

농익은
아름다움의
비밀

소피 마르소의 레드 와인

많은 사람이 가장 아름다운 배우로 기억하는 소피 마르소는 1980년에 개봉한 영화 〈라붐〉을 통해 우리나라에서도 큰 인기를 얻은 여배우다. 지금도 많은 사람이 영화 주제가 '리얼리티(reality)'를 들을 때마다 다시 그 시절로 돌아간 느낌이라고 말하곤 한다. 〈라붐〉에서 소피 마르소는 청순하면서 섹시하고, 발랄하면서 도발적인 소녀의 모습으로 등장했다. 아름다운 소년, 소녀가 나온 그 시절 영화의 헤로인이던 그녀는 세월이 한참 흐른 지금도 화장품 CF를 찍을 정도로 변함없이 매력적인 모습을 과시하고 있다. 첫사랑의 열병을 앓게 한 소녀가 이제 농익은 여인의 모습을 보여주고 있는 것이다.

2009년, 우리나라를 찾은 소피 마르소는 여전히 아름다움을 간직할 수 있었던 비결을 묻는 기자들의 질문에 레드 와인을 즐겨 마신다고 답했다. 프랑스인은 평소에도 와인을 즐겨 마시고 식사를 할 때도 항상 음식과 와인의 조화를 생각해 메뉴를 구성할 정도로 와인에 대한 애정이 남다르다. 소피 마르소도 와인을 사랑하는 프랑스인답게 즐겨 마시는 와인이 아름다움을 지켜온 비결인 셈이다.

그렇다면 와인의 어떤 점이 소피 마르소의 미모를 지키는 비결이 될 수 있었을까?

와인은 다른 인공 물질을 섞지 않고 포도만으로 만든 발효주를 뜻한다. 포도 특유의 성분이 파괴되지 않고 와인에 그대로 녹아 있기 때문에 포도의 종류, 포도의 질에 따라 맛의 차이가 크다. 그런 만큼 와인은 포도의 역할이 중요하다.

와인은 술이라기보다 좋은 성분을 많이 함유한 건강 음료라고 할 수 있다. 레드 와인에 함유된 안토시아닌과 폴리페놀은 포도의 색소에 들어 있는 성분인데, 안토시아닌은 항산화 작용을 하기 때문에 노화를 방지하고 질병이 발생하는 것을 억제해준다. 혈전이 생성되는 것을 막아주므로 혈관계 질환을 예방하는 효과도 있다. 특히 붉은 포도를 발효시킨 레드 와인은 적당히 마시면 심장병 예방에 효과가 있다는 연구 결과도 있다. 와인 특유의 떫고 텁텁한 맛은 포도의 껍질과 씨에 많이 함유된 폴리페놀 때문인데, 항산화 작용을 하는 와인의 주요 성분이라고 할 수 있다.

특히 와인은 여성에게 좋다고 알려져 있는데, 와인에 들어 있는 미네랄 붕소가 여성의 에스트로겐 호르몬을 유지해주고 칼슘의 원활한 흡수를 도와주기 때문이다. 따라서 소피 마르소가 나이보다 어려 보이고 여성스러워 보이는 것은 와인의 미네랄 붕소 덕분일 것이다.

우리나라 사람들은 익숙지 않지만, 프랑스인은 와인을 식사할 때 곁들이거나 음료로 이용하는 것 외에도 요리 재료로 다양하게 활용하고 있다. 즉, 프랑스인은 일상생활에서 많은 와인을 먹고 있는 것이다. 프랑스 요리의 경우 식자재를 매리네이드하거나 스톡으로 사용할 때도 와인을 이용하는데, 단순히 물로 조리한 요리와 와인으로 조리한 요리는 그 맛과 격에서 큰 차이가 난다. 요리를 할 때 와인을 넣으면 신맛, 단맛, 감칠맛, 떫은맛을 내고, 특유의 향을 더해 맛을 한층 깊고 풍부하게 해준다.

와인의 역사는 프랑스를 넘어 고대 이집트, 그리스·로마 시대까지 거슬러 올라간다. 포도를 딴 뒤 저장하는 과정에서 자연 발효가 이루어진 덕분에 와인이 탄생했는데, 이른바 자연의 선물인 셈이다. 이것으로 미루어볼 때 와인은 인류가 최초로 마신 술이라고 할 수 있다.

이집트인이 와인을 마신 흔적은 고대 이집트 유물인 항아리에 남아 있는 잔여물이나 파라오의 무덤에서 발견된 항아리에서 확인할 수 있다. 또 그리스·로마 신화에도 술의 신이 등장하는데, 술의 신이 관장한 술의 형태가 와인으로 알려져 있다. 그리스 신화에서는 디오니소스, 로마 신화에서는 바쿠스라 불린 그는 술의 신으로 포도 재배 방법을 각 지역과 나라에 보급, 전파했다고 한다. 대지의 풍요로움을 관장하기도 했지만, 술의 신으로 더 많이 알려졌다.

기원전 6세기에 만든 도자기에 그려진 디오니소스와 메나디를 보면 디오니소스는 술의 신답게 포도 넝쿨로 만든 관을 쓰고

소피 마르소의 레드 와인

소피 마르소의 레드 와인

073

있으며, 큰 와인잔을 들고 있다. 이미 기원전 6, 7세기의 벽화나 도자기에 나타난 연회 장면에 와인을 마시는 모습이 등장한 것이다. 잦은 연회와 파티를 즐긴 로마인은 포도를 재배하고 와인을 만드는 방법에 관심이 많았으며, 와인을 담고 운반하기 위해 나무로 만든 통과 유리병을 만들기도 했다.

와인은 로마를 거쳐 당시 식민지였던 유럽에 알려졌다. 로마의 영향을 받은 프랑스도 포도를 재배하기 시작했으며, 중세 시대 이후 오늘날과 같은 와인의 대표 생산 국가이자 소비 국가가 되었다.

중세 시대에는 수도원에서 포도를 재배해 와인을 만들었다. 수도원의 풍부한 노동력을 동원해 생산한 와인은 교회의 행사에 사용하는 것과 함께 수도원의 수입원으로 자리 잡았다. 이러한 과정은 대량생산을 하는 시스템을 만드는 기초가 되었다. 특히 봉건사회 체제가 무너진 뒤 와인을 마시고 싶어 하는 일반 시민의 수요가 증가해 와인 생산량과 거래량은 급속히 늘었다.

와인으로 대표되는 프랑스의 가장 많이 알려진 와인은 크게 보르도 와인과 부르고뉴 와인으로 나뉜다. 보르도는 한 종류의 포도로 만드는 와인이 아닌 여러 품종을 섞은 블렌딩 와인이다. 와인은 블렌딩 과정을 거치면서 포도 특유의 맛과 향이 뛰어나지며, 블렌딩의 비율에 따라 맛과 성격도 달라진다. 반면, 부르고뉴 와인은 주로 피노 누아 한 품종으로만 만들어 보르도 와인과 맛에서 큰 차이가 난다. 보르도 와인에 비해 무게감이나 깊은 맛이 느껴지지는 않지만 섬세하고 세련된 맛이 조화를 이루며, 소량만 생산하므로 희소가치가 높다.

와인이라고 해서 꼭 값비싸고 고급스러운 것만은 아니다. 우리나라의 떡볶이나 어묵 같은 길거리 음식처럼 프랑스의 거리에서 만날 수 있는 글루바인 같은 경우, 따뜻하게 데워 파는 와인으로 저렴하고 간편하게 마실 수 있다. 우리나라의 생강차처럼 감기에 걸렸을 때 마시는 차의 개념과 같다고 보면 된다.

소피 마르소는 평소 레드 와인을 즐겨 마시는데, 이는 프랑스인의 오래된 식습관인 것이다. 레드 와인이 함유한 여러 성분 덕분에 그녀는 신체와 피부의 노화를 늦추고, 아름다움도 지킬 수 있었다. 꾸준히 지켜온 식단과 좋은 식습관이 아름다움을 유지하는 하나의 방법이 된 것이다.

하지만 와인도 술에 해당하므로 너무 과한 양을 마시면 건강과 아름다움을 챙기기보다는 오히려 해가 될 수도 있다. 소피 마르소처럼 활력 있고 즐거운 삶과 아름다움을 지켜나가고 싶다면 적당한 양의 와인을 꾸준히 마시는 것이 좋다.

▶ 와인 구분법

제조 방법에 따라 천연 와인, 발포성 와인, 강화 와인

색에 따라 레드 와인, 화이트 와인, 로제 와인

기포에 따라 발포성 와인(스파클링 와인), 스틸 와인

당도에 따라 드라이 와인, 스위트 와인

식사 순서에 따라 식전 와인, 테이블 와인, 디저트 와인

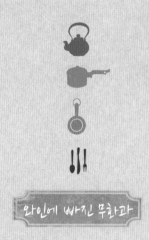

와인에 빠진 무화과

재료 말린 무화과 100g, 설탕 1/2컵, 레드 와인 1컵, 월계수 잎 2장, 통후추 5알, 계피 스틱 1/2개

1. 무화과는 꼭지를 떼어낸 뒤 깨끗이 씻는다.

2. 냄비에 무화과와 설탕, 레드 와인, 월계수 잎, 통후추, 계피 스틱을 넣어 끓인다.

3. 2의 설탕이 녹으면 자작해질 때까지 약한 불로 조린다.

4. 3을 뜨거운 물로 소독한 병에 담아 식힌 뒤 냉장 보관한다.

TIP

1. 냉장 보관한 무화과는 디저트로 제공하거나 간식으로 곁들여도 좋다.

2. 무화과 대신 배로도 가능하다.

08

열정적인
파티걸의
비밀

패리스 힐턴의 감자

패리스 힐턴 하면 힐턴(힐튼) 호텔의 상속녀라는 사실 외에도 트러블 메이커, 음주 운전, 뉴스 메이커 같은 부정적 이미지가 떠오른다. 이뿐 아니라 파티를 좋아하고 즐기는 파티광으로도 유명하다. 그녀는 이렇게 만들어진 트러블 메이커와 파티걸의 이미지를 상품화해 성공적으로 판매했다. 자신의 이미지를 적절한 마케팅으로 포장해 사업화하는 알파걸로서의 모습도 보여준 것이다.

패리스 힐턴의 트러블 메이커라는 평판은 오히려 그녀에게 관심을 갖게 해, 그녀는 한때 미국의 20대를 대표하는 아이콘으로 꼽히기도 했다. '싫어하지만 따라 하고 싶다'는 표현은 일반 대중이 그녀를 어떻게 생각하고 있는지 단적으로 보여주는 것이다. 그녀를 좋아하는 사람은 많지 않지만 스타일을 따라 하고 싶어 하는 사람은 많다. 특히 젊은 여성들은 그녀의 몸매나 외모의 비결을 궁금해하고 라이프스타일을 동경한다.

패리스 힐턴은 감자로 만든 요리를 좋아하는데, 특히 포테이토칩과 맥도널드의 프렌치프라이를 즐겨 먹는다고 밝혔다. 포테이토칩과 프렌치프라이를 먹고도 어떻게 날씬한 몸매를 유지할 수 있는지 궁금할 것이다.

패리스 힐턴이 즐겨 먹는 포테이토칩과 프렌치프라이는 기름에 튀기는 방법으로 조리하기 때문에 '정크푸드'로 인식되고 있다. 고칼로리에 고지방식이며, 탄수화물과 나트륨을 많이 함유해 다이어트의 최대 적이자 성인병을 유발하는 식품으로 알려져 있다. 하지만 다른 관점에서 보면, 적은 양으로도 칼로리를 섭취할 수 있는 훌륭한 에너지원이다.

날씬한 몸매를 자랑하는 패리스 힐턴이 포테이토칩과 프렌치프라이를 먹거나 패스트푸드를 먹는 모습은 파파라치의 사진에서도 심심찮게 볼 수 있다. 또 그녀는 햄버거 광고의 모델로도 나섰으니, 실제로 패스트푸드를 즐겨 먹는다는 것을 직접적으로 보여준 것이다. 심지어 그녀는 프렌치프라이의 경우 한번 먹으면 계속 먹을 수밖에 없어 가급적 먹지 않으려 한다고 말할 정도로 좋아한다.

패스트푸드가 우리 몸에 끼치는 악영향은 이미 상식일 만큼 널리 알려졌지만, 패리스 힐턴이 좋아하는 음식이 감자라는 점을 눈여겨볼 필요가 있다. 감자에는 비타민 C와 칼륨, 단백질, 철분 등의 성분이 들어 있다. 포테이토칩이나 프렌치프라이는 조리법이 문제가 될 수는 있어도 감자 그 자체가 몸에 해를 입히는 것은 아니다. 오히려 조금만 먹어도 포만감을 느낄 수 있고, 금방 배를 채울 수 있으며, 가격이 싸다는 장점이 있으니 바쁜 현대인에게 좋은 식품 중 하나다.

특히 미국인은 감자뿐 아니라 햄버거, 샌드위치를 비롯한 다양한 종류의 패스트푸드를 즐겨 먹고 있다. 딱히 전통 요리가 없는 미국은 패스트푸드가 대표 음식이라고 해도 될 만큼 패스트푸드의 발원지이며 천국이다. 이민자들이 경제를 일으킨 미국의

경우 생산 활동을 위해 밥 먹는 데 노력과 시간을 허비하지 않으려 했다. 최대한 능률을 높이면서 합리적으로 식사를 하기 위해 만든 외식의 형태가 패스트푸드인 것이다. 포테이토칩과 프렌치프라이도 그런 의미에서 인기를 끌게 되었다.

처음에는 포테이토칩과 프렌치프라이를 사람이 직접 손으로 조리했으나 최근에는 기계를 이용해 대량생산하고 있다. 패리스 힐턴은 포테이토칩과 프렌치프라이를 즐겨 먹는 가장 일반적이고 대표적인 아메리칸걸이다. 재미있는 것은, 이렇게 패스트푸드를 즐겨 먹는 그녀가 자신은 동물 애호가이자 채식주의자라는 발언을 했다는 사실이다. 물론 그녀는 이후에도 모피를 걸치거나 패스트푸드를 꾸준히 먹고 있다.

패리스 힐턴이 즐겨 먹는 프렌치프라이는 벨기에가 원조지만 프랑스와 인접해 프렌치프라이라 불린다는 설과 19세기 초 프랑스에서 시작되었을 거라는 설이 있다. 어쨌든 프랑스에서는 포테이토프라이라 불리는 감자튀김이 다른 나라에서는 프렌치프라이라는 이름으로 통용되고 있다. 감자를 5센티미터에서 10센티미터 길이로 썬 뒤 스틱 형태로 튀긴 것이 프렌치프라이, 얇

게 편으로 썬 감자를 수분이 없어질 때까지 튀긴 것이 포테이토
칩이다. 기름을 이용한 조리법보다는 찌거나 생으로 먹는 것이
좋지만, 열량 소비가 많은 사람들에게 감자는 훌륭한 열량 공급
원이 된다. 벨기에에서는 이런 프렌치프라이를 한 끼 식사로 먹
는 데 반해, 미국을 비롯한 여러 나라에서는 곁들여 먹는 음식으
로 판매하고 있다.

사실 감자는 칼로리가 낮고, 영양이 높으며, 소화 흡수율이
좋은 식품이다. 감자는 비타민 C가 많이 들어 있어 과일이나 채
소를 제대로 먹을 수 없던 초창기 미국인에게는 비타민 C의 공
급원이 되기도 했다. 감자에 함유된 비타민 C는 과일이나 채소
에 들어 있는 비타민 C와 달리 열을 가해도 파괴되지 않아 조리
해 먹기 좋다는 특징이 있다. 또 칼륨 성분도 많이 들어 있어 나
트륨을 배출하는 데도 효과가 있다. 하지만 감자에는 독성이 있
기 때문에 싹이 나거나 유독 파란빛을 띠고 있으면 먹지 않는 것
이 좋다.

감자는 조리 방법이 다양한 데다 각종 요리를 할 때도 식자
재로 자주 쓰인다. 미국은 감자 소비량이 많아 엄청난 양의 감자

를 재배하고 있다. 튀긴 감자나 삶은 감자는 미국인이 아침 식사로 애용하고 있는데, 감자 케이크 같은 경우 해시브라운(잘게 썬 감자를 바삭하게 튀긴 음식)의 원조라고 할 수 있다.

패리스 힐턴이 즐겨 먹는 감자는 의외로 유럽에서는 크게 환영을 받지 못했다. 울퉁불퉁 못생긴 데다 독성이 있다고 믿어 먹을 수 없는 작물 혹은 먹어서는 안 될 작물이라고 여겼기 때문이다. 심지어 악마가 준 선물, 최음제로 인식하기도 했다. 감자는 가난한 사람들의 배고픔을 해결할 수 있는 가장 좋은 식품이다. 그럼에도 감자에 대한 강한 거부감 때문에 옛 유럽인은 감자를 먹지 않았다. 그럼에도 불구하고 감자는 뛰어난 에너지원이었기 때문에 국민의 배고픔을 해결하려면 감자를 먹게 해야 한다고 생각한 마리 앙투아네트는 감자 꽃을 모자에 꽂고 다니며 전략적 감자 마케팅을 펼치기도 했다.

감자가 먹을 수 있는 식품이라는 사실을 알게 된 뒤 유럽에서 감자는 중요한 작물로 자리를 잡았다. 가뭄이나 홍수가 났을 때 먹을거리가 부족한 상황에서 다른 식품을 대체해 배고픔을 없앨 수 있는 구황작물의 하나로 사용되었기 때문이다. 먹을 수 있을 만큼 자라기까지 많은 시간을 필요로 하지 않고 성장 환경이 까다롭지 않으면서 수확량은 많았기 때문에 기근을 무사히 넘길 수 있었지만, 유럽인에게 감자는 그 이상 중요한 의미는 아니었다.

유럽에서 별로 환영받지 못하던 감자가 미국으로 건너오면서 의외로 크게 환영받기 시작했다. 추위를 잘 견뎌 겨울을 나는 저장 식품으로도 용이했고, 별다른 신경을 쓰지 않아도 잘 자랐기에 노동력을 크게 요구하지도 않아 실용성을 강조하는 미국인에게 감자는 더할 나위 없이 잘 맞는 작물이었기 때문이다.

어쩌면 패리스 힐턴의 감자 사랑은 조상으로부터 시작된 단순한 식습관일 수도 있다. 하지만 정크푸드를 즐겨 먹는 그녀에게 감자는 가장 효과적으로 자신의 몸매를 유지할 수 있는 식자재라고 할 수 있다. 많은 다이어트 식단에 빠지지 않고, 운동을 하기 전 열량 보충을 위해 먹는 감자는, 열량 소비가 많고 파티를 즐기는 패리스 힐턴에게 가장 좋은 음식인지도 모른다. 그녀가 패스트푸드 중 감자를 이용한 요리를 즐겨 먹는 것은 입에 맞는 음식을 먹으면서도 열정적 아름다움을 유지하기 위한 가장 적합한 방법이기 때문이다.

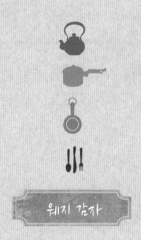

웨지 감자

재료 감자 4개, 녹인 버터 2큰술, 소금 1큰술, 파슬리 가루 1큰술, 바질 1작은술, 소금 1큰술,
월계수 잎 2장, 통후추 약간

1. 감자는 깨끗이 씻어 반달 모양으로 썬다.

2. 썰어놓은 감자를 물에 담가 녹말기를 뺀 뒤 체에 밭친다.

3. 녹인 버터, 소금, 파슬리 가루, 바질, 월계수 잎, 통후추를 섞는다.

4. 2의 감자를 70퍼센트만 익도록 삶아 3에 버무린다.

5. 4의 감자를 200℃로 예열한 오븐에 넣어 30분간 굽는다.

09

자연에서
찾은 아름다움의
비밀

나탈리 포트먼의 채식

영화 〈레옹〉에서 야무진 소녀로 강한 인상을 남긴 나탈리 포트먼은 〈레옹〉 이후 여러 영화에서 도자기 인형처럼 아름답게 성장한 모습을 보여주며 영화 팬을 흐뭇하게 했다.

가녀린 몸매에 피부가 도자기처럼 빛나는 나탈리 포트먼에게서 풍기는 아름다움은 아이러니하게도 강렬함, 독특함, 도발적…… 그런 것이다. 그런데 더 놀라운 것은 그녀의 강렬한 힘이 '채식'에서 나온다는 사실이다. 그녀는 대표적 채식주의자(vegan)로 알려져 있다. 그녀는 대부분의 채식주의자와 마찬가지로 단순히 채식만 하는 것이 아니라 동물 보호에도 관심이 많다. 채식은 건강이나 윤리적 신념 혹은 종교에 따라 선택하는 경우가 많은데, 요즘은 그 수가 점점 늘고 있는 추세다.

나탈리 포트먼은 여덟 살 때부터 꾸준히 채식을 해왔다. 몸에 별다른 이상이 없는데도 채식을 즐긴 터라 그녀의 사례는 매우 특이한 경우에 해당한다. 최근 많은 사람이 즐겨 먹는 패스트푸드는 빠르고 효율적이지만 칼로리가 높고, 육류 위주의 식단을 제공하는 경우가 많다. 고지방, 고콜레스테롤로 구성된 식단은 현대병으로 알려진 성인병을 유발하는 가장 큰 원인이다. 영양 부족을 느끼지 못하는 현대사회에서 계속 공급되는 고열량 음식이 비만 같은 성인병을 만들어내는 것이다.

동물성 지방을 많이 섭취하면 심장병, 유방암 같은 질병에 걸릴 확률이 높다. 특히 암을 예방하는 데 육식 위주의 식단보다는 나탈리 포트먼처럼 채식 위주의 식단으로 바꾸는 것이 좋다. 적당한 채식은 혈관 속 콜레스테롤 수치를 낮춰 심혈관계 질환을 예방해준다.

채식이 육식보다 몸에 이롭다는 것은 누구나 알고 있을 것이다. 채식을 하면 육식에서 얻을 수 없는 섬유질이 장의 운동을 활발하게 해 몸속 노폐물을 쉽게 배출하도록 도와준다. 섬유질을 꾸준히 섭취하면 대장암을 예방할 수 있으며, 쉽게 포만감을 느껴 많은 양의 음식물 섭취를 막아준다. 당연히 비만을 예방하고 다이어트에도 효과적이다.

나탈리 포트먼은 단순히 채식을 하는 것뿐 아니라 모피나 가죽 제품부터 동물을 이용한 화장품까지 사용하지 않을 정도로 동물을 보호하는 데 노력을 기울이고 있다. 그녀처럼 윤리적 신념에 따른 채식주의는 많은 셀레브러티(celebrity)가 채식을 선언하는 가장 큰 이유다. 특히 반려 동물을 사랑하는 마음이 이러한 형태로 나타난다고도 할 수 있다. 많은 스타가 이에 동참하고 있으며, 다양한 퍼포먼스로 자신의 의지를 표현하기도 한다. 비단 외국의 스타뿐 아니라 우리나라의 이효리 같은 스타도 반려 동물과 동물 애호에 대한 의지를 드러내고 있다.

종교적 이유로 채식을 선택하는 경우 종교의 특징에 따라 채식 스타일이 조금 다르게 나타난다. 하지만 근본적으로 살생을 금하고 있다는 점에서 같은 맥락을 지니고 있다. 불교의 경우 육식을 아예 금하고 있지만, 힌두교는 쇠고기, 이슬람교는 돼지고

기만을 금하고 있다.

그런데 어린 시절 채식주의를 선언한 뒤 완전한 채식주의자로 살아온 나탈리 포트먼이 최근 채식 포기를 선언하며 많은 사람을 놀라게 했다. 과연 무슨 일이 있었기에 오래된 식습관과 신념을 버리게 된 걸까. 그 이유는 임신 중에도 꾸준히 채식 위주의 식단을 유지하던 그녀의 몸에 영양의 불균형에 의한 이상이 생겼기 때문이다. 이처럼 채식으로만 식사를 하면 육식으로 섭취할 수 있는 영양 성분을 얻지 못하므로 영양 결핍을 초래할 수 있다. 현대인의 경우 육식을 하지 못해 영양 결핍이 오는 경우는 극히 드물기에 자신의 몸 상태를 잘 파악한 뒤 선택하는 채식 위주 식단은 건강에 도움이 될 수 있다.

따라서 채식을 할 때 어떤 영양 성분이 부족한지 파악해 그 부족한 부분을 채워줄 대체 식품을 잘 선택해야 한다. 특히 채식으로 섭취하기 힘든 단백질, 아연, 철분, 칼슘을 비롯한 영양분의 섭취를 잘 감안해 식단을 짜는 것이 중요하다. 비타민 중에서도 비타민 B_{12}의 경우 채식 위주 식단에서 결핍되기 쉬운 영양 성분이므로, 비타민 B_{12}의 함유량이 높은 발효 식품이나 해조류에서

영양을 공급받는 것이 좋다. 또 견과류나 콩류로 단백질과 지방을 섭취하는 것도 중요하다.

육류에 많이 들어 있는 아연은 채식만 해서는 적정량을 섭취하기 어려우므로 견과류나 보조 식품을 이용해 섭취하는 것이 좋다. 철분의 경우 채식을 하더라도 섭취할 수는 있지만 채소에 들어 있는 철분은 인체에서 흡수되는 양이 적기 때문에 채식만 하게 되면 철분 부족 현상이 생긴다. 가능한 한 녹황색 채소를 많이 먹어 철분의 양을 보충해야 한다.

유제품도 먹지 않는 채식주의자의 경우 칼슘 섭취량이 낮기 때문에 칼슘이 많이 들어 있는 해조류나 멸치를 반드시 먹어야 한다. 채식이 건강에 좋다고 해서 무조건 채식만 하는 것은 오히려 뼈에 무리가 될 수 있으며, 성장하는 데 불균형이 생길 수 있다. 따라서 이러한 부분까지 챙기는 균형 잡힌 식단으로 채식을 하는 것이 건강에 가장 좋다.

채식은 세계적으로 점점 늘고 있는 식습관의 한 형태라고 할 수 있다. 인도가 채식주의자의 70퍼센트를 차지하고 있지만 그 뒤를 미국과 유럽의 나라들이 따르고 있다. 인도의 경우 종교적 이유로 채식주의자가 많은 나라이기 때문에 식당도 채식주의자를 위한 식당이 따로 있다. 같은 식당 안에도 구역이 나뉘어 있을 정도로 채식을 하는 사람이 많고, 육식을 하는 사람과 같은 공간에서 밥 먹는 것조차 극도로 싫어하는 사람도 있다.

최근에는 미국과 유럽의 나라들도 채식주의자를 위해 메뉴판을 두 가지로 제공하거나, 음식에 육류가 조금이라도 들어 있는 경우 그것을 표기해 채식주의자를 배려한다. 우리나라는 아직 채식주의자에 대한 인식이나 배려가 그 정도에 이르지는 못하고 있으나 앞으로 점점 그들을 배려한 식당과 공간이 늘어날 것으로 보인다.

임신이라는 특수한 상황 때문에 채식을 잠시 중단했지만 나탈리 포트먼의 식습관은 채식을 빼놓고 이야기할 수 없다. 그녀의 도자기같이 매끄러운 피부와 아름다운 외모는 자연의 영양을 듬뿍 받은 채식 위주의 습관 덕분이기 때문이다.

나탈리 포트먼처럼 꾸준히 채식을 유지하는 경우도 있지만 알리시아 실버스톤이나 드루 배리모어처럼 다이어트를 위해 채식을 하는 경우도 있다. 이렇게 체중 조절을 위해 채식을 하는 경우 자연주의 식단, 즉 버터를 두르지 않고 구운 감자나 삶은 브로콜리, 견과류 같은 신선한 상태의 음식으로 식탁을 채운다.

뿐만 아니라, 과거 레오나르도 다빈치와 볼테르, 톨스토이부터 현대의 애슐리 주드, 브래드 피트, 실베스터 스텔론, 페넬로페 크루즈에 이르기까지 많은 유명인이 채식을 하고 있다. 물론 우리나라의 스타들도 최근 채식 위주 식단으로 식사를 하는 경우가 많은데 이효리, 이하늬, 송일국 등이 채식주의자로 알려져 있다.

꼭 스타들이 하기 때문에 좋다는 것이 아니라, 채식은 자연 그대로의 식품을 가장 효율적으로 섭취할 수 있는 훌륭한 방법이다. 따라서 자신의 몸과 영양 상태를 정확히 파악하고 균형을 맞춘 건강한 채식을 하게 되면 아름다움과 건강을 모두 챙길 수 있다.

두부 티라미스

재료 두부 1모, 두유 1/4컵, 캐슈너트 1/4컵, 물엿 2큰술, 콩가루 4큰술, 코코아 파우더 3큰술, 슈거 파우더 3큰술, 물 1큰술, 인스턴트커피 5큰술, 칼루아 5큰술

1. 두부는 면 보자기에 넣어 물기를 짠다.

2. 믹서에 두부, 두유, 캐슈너트, 물엿을 넣고 갈아 체에 내린 뒤 두부 크림을 만든다.

3. 물, 인스턴트커피, 칼루아를 끓여서 식힌다.

4. 준비한 컵에 2의 두부 크림을 한 겹 깐 뒤 3의 시럽을 뿌리고 다시 두부 크림을 깔고 시럽을 뿌리고 두부 크림을 끼얹는다.

5. 4를 냉장고에 넣어 굳힌 뒤 콩가루, 코코아 파우더, 슈거 파우더를 섞어 뿌린다.

▶ 채식주의자 유형

세미 베지테리언(semi-vegetarian) 유제품, 달걀, 가금류, 어류, 해산물은 먹는 채식주의자

페스코 베지테리언(pesco-vegetarian) 유제품, 달걀, 어류, 해산물은 먹는 채식주의자

락토 오보 베지테리언(lacto-ovo-vegetarian) 유제품, 달걀은 먹는 채식주의자

락토 베지테리언(lacto-vegetarian) 유제품은 먹는 채식주의자

오보 베지테리언 (ovo-vegetarian) 달걀은 먹는 채식주의자

비건(vegan) **모유를 제외한** 동물성 식품은 전혀 먹지 않는 채식주의자

10

경국지색,
나라가 기울어져도
모를 아름다움의 비밀

서시의 녹차

양귀비와 함께 중국을 대표하는 미인 중 한 명으로 꼽히는 서시는 월나라가 미인계로 이용할 정도로 미모가 뛰어났다고 한다. 춘추전국시대 월나라에서 태어난 그녀는 오나라의 왕을 유혹하라는 임무를 띠고 오나라의 왕 부차에게 간다. 그녀는 미모를 이용해 오나라 부차의 마음을 사로잡았으며, 부차가 나랏일을 돌보지 않고 유흥에 빠지게 하는 데 성공한다. 이 때문에 오나라는 월나라에 패했다고 전해진다.

얼마나 아름다웠으면 이런 미인계가 통한 걸까? 그녀의 아름다움에 대한 얘기는 다양하게 전해지는데, 그중 침어(沈魚)라는 말에서 그 아름다운 정도를 짐작할 수 있다. 침어는 물에 비친 서시를 본 물고기가 그녀의 아름다운 모습에 반해 헤엄치는 것조차 잊고 하염없이 바라보다 물에 가라앉았다는 데서 유래한 말이다. 이후 서시는 침어라 불렸는데, 이른바 '물고기마저 가라앉게 한 미모'라는 뜻이다.

나라를 망하게 할 정도로 미인이라 해서 경국(傾國)이라는 별명이 붙기도 했다. 그녀는 평소 가슴에 통증이 있어 이 때문에 미간을 찌푸리고 다녔는데, 찌푸린 모습조차 너무 아름다워 그녀를 따라 하는 여성들이 있었다고 한다.

그 정도로 아름다운 여인 서시가 즐겨 먹던 음식은 무엇이었을까? 중국인은 예부터 식사 전후는 물론이고 틈만 나면 차를 마셨다. 서시도 예외는 아니었다. 현재 중국을 대표하는 음료로 인식되는 차는 처음에 일상적 음료가 아닌 약으로 음용했는데, 나중에 음료로 마셔도 좋다는 것을 발견하고 지금처럼 음료로 즐겨 마시게 되었다.

중국 차는 지역, 품종, 향기, 형태, 채취 시기에 따라 그 종류가 매우 다양하다. 차는 일반적으로 발효 정도에 따라 녹차, 백차, 청차, 황차, 홍차, 흑차 등 여섯 가지로 나누어 분류한다. 또한 발효되지 않은 차는 '불발효차', 20~70퍼센트 정도 발효된 차는 '반발효차', 80퍼센트 이상 발효된 차는 '발효차'로 분류한다.

녹차는 발효되지 않은 불발효차로, 중국에서 가장 많이 생산하고 있으며 동양권에서 즐겨 마시는 차 중 하나다. 가지에 새로 돋아난 어린잎을 채취해 바로 찌거나 솥에 볶아 건조하는 덖음을 통해 발효되지 않게 한 차다. 열을 가하는 과정을 통해 발효를 막는 것이다.

약발효차인 백차는 어린잎에 보송보송한 은백색 솜털이 있는 상태를 그대로 살려 덖거나 비비지 않고 건조해 만든 차로 1~10퍼센트의 발효가 일어난다. 자연 상태로 찻잎의 수분을 날린 뒤 바람이나 약한 불로 말린다.

청차는 녹차와 홍차의 중간 정도 발효된 반발효차로 30~60퍼센트의 발효가 일어난다. 어린잎으로 만드는데, 채취한 찻잎을 햇볕에 말려 살짝 시들한 상태가 되면 실내로 옮겨 섞는다. 이 과정에서 약간의 발효가 일어나는데, 이때 계속 발효되지 않도록 열을 가해 솥에 덖는다. 이렇게 볶은 찻잎을 잘 비벼 건조한다.

홍차는 발효차의 대표적 차로 80퍼센트 정도 발효된 완전 발효차다. 이 차 역시 어린잎으로 만드는데, 채취한 찻잎의 수분이 날아갈 정도로 건조한다. 이렇게 건조한 찻잎을 손으로 잘 비빈 뒤 발효되는 과정에서 홍차 특유의 향이나 맛이 생긴다. 이렇게 잘 발효된 차를 건조해 만든 차가 바로 홍차로, 유럽인이 즐겨 마시는 대표적인 차다.

후발효차인 황차는 찻잎이 노란빛을 띤 차로 80퍼센트 정도 발효가 일어난다. 어린잎을 채취하자마자 바로 열을 가해 발효를 막아준다. 그 후 손으로 비벼 찻잎을 꼰 뒤 그 찻잎을 쌓아두어 자연적으로 생기는 열과 습기 때문에 엽록소가 파괴되고 찻잎의 녹색이 노란빛으로 바뀌는데, 이 찻잎을 건조시켜 만든 것이 황차다.

흑차 역시 후발효차에 속하는 차로 80퍼센트 이상 발효가 일어난 차다. 녹차와 같은 방법으로 만든 찻잎을 쌓아두어 생기는 열과 습기로 발효를 시킨다. 만들어진 뒤에도 미생물에 의해 계속 발효가 일어난다.

서시는 여러 종류의 차 중에서도 '녹차'를 즐겨 마셨다고 한다. 녹차 산지인 항저우에서 태어난 그녀는 수시로 녹차를 마셨는데, 아름다운 외모와 피부 그리고 몸매를 유지하는 비결이었다고 추측된다. 서시가 즐겨 마신 녹차는 다이어트와 피부 미용에 효과가 좋기 때문이다. 녹차에는 폴리페놀 성분이 풍부하게 들어 있어 체지방을 분해하는 효과가 뛰어나고, 신진대사를 활발하게 해준다. 물론 지방이 축적되는 것도 막아준다. 중국은 음식에 많은 기름을 쓰는데도 지방을 분해하는 차를 즐겨 마시는 식습관 덕분에 비만인 사람이 많지 않다. 녹차에 들어 있는 폴리페놀 성분은 이 외에도 항산화 작용과 항노화 작용을 한다.

녹차에는 토코페롤 성분도 들어 있는데, 이는 피부의 노화를 막아주고 장운동을 활발하게 해주기 때문에 변비를 없애는 데 효과가 있다. 이뇨 작용을 촉진해 노폐물과 독소를 배출하는 데도 좋다. 이렇게 몸속 노폐물이 빠져나가면 얼굴에 트러블이 생기는 것을 예방할 수 있다. 체내 독소는 빠져나가되 수분은 공급하기 때문에 피부 미용에도 효과가 있다. 다이어트를 하는 과정이나 그 후 피부 노화가 촉진되는 경우가 많은데, 녹차를 마시면서 다이어트를 하면 피부에 탄력이 생기고 수분을 충분히 공급할 수 있다.

녹차에 들어 있는 플라보노이드 성분의 경우 항균 효과와 항염 효과가 있어 마시는 것도 좋지만 녹차를 이용한 팩이나 목욕, 클렌징 역시 피부 관리에 효과가 있다. 플라보노이드 성분이 미백 작용과 진정 작용을 도와주기 때문이다.

비타민 성분도 풍부하게 들어 있어 숙취와 피로 해소에도 효과가 있기 때문에 평소 비타민을 잘 섭취하지 못하는 경우 녹차를 이용해 비타민을 섭취할 수 있다.

커피, 초콜릿, 차는 카페인이 들어 있는 3대 기호 식품으로 그중 녹차는 카페인 걱정 없이 마실 수 있는 음료다. 녹차의 카페인 성분은 중독성이 없으며, 녹차에 함유된 테아닌 성분이 카페인은 억제하고, 혈압을 낮춰주는 효과도 있기 때문이다. 다만 몸이 너무 찬 사람이 녹차를 마시면 녹차의 차가운 성질 때문에 장에 무리가 갈 수도 있다. 또 빈속에 녹차를 마시는 것은 위에 부담이 될 수 있으므로 가급적 피하는 것이 좋다.

양귀비도 녹차를 이용해 미용 관리를 했는데, 서시가 녹차를 즐겨 마신 것과 달리 양귀비는 녹차 목욕을 자주 했다. 중국을 대표하는 미인들이 녹차를 이용해 아름다움을 지킨 것을 보면 녹차가 여성을 가꿔주는 음료임이 분명하다.

녹차는 음료로 마시는 방법 외에도 다양한 조리법이 있으므로 녹차를 활용해 맛있는 음식도 만들어 먹고 아름다움도 가꿔 보자.

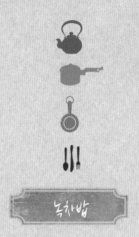

녹차밥

재료 우려낸 녹차 잎 3큰술, 쌀 1컵, 물 1¼컵

양념 재료 간장 3큰술, 참기름·통깨 약간씩

1. 쌀은 물에 씻어 5분 정도 불린다.

2. 쌀에 우려낸 녹차 잎을 섞어 밥을 짓는다.

3. 제시된 분량의 재료를 섞어 만든 양념을 밥에 곁들인다.

TIP

1. 새 녹차잎은 쌉싸래한 맛이 날 수 있으니 조금만 넣는다.

2. 가루 녹차로 밥을 지어도 된다.

11

스타일리시한
맘MOM의
비밀

김희선의 꿀

김희선의 꿀

1990년대, 김희선은 우리나라를 대표하는 미인 중 한 명이었다. 당시 그녀는 자신만의 발랄하고 감각적인 스타일로 많은 여성의 부러움을 한 몸에 받았다. 신세대, X세대라는 단어가 등장하면서 많은 여성이 김희선의 스타일과 패션을 따라 하기도 했다. 그녀의 화장법은 물론이고 옷 입는 스타일, 운동 등 거의 모든 것이 젊은 여성들에게 관심의 대상이었다. 1990년대만 해도 지금처럼 스타의 미용 비법에 관심이 많지 않았는데, 김희선만큼은 예외였다. 김희선은 단순히 예쁜 연예인이 아니라 한 시대를 대표하는 아이콘이었기 때문이다.

당돌한 신세대, 1990년대 패션 아이콘이던 김희선도 이제는 나이가 들어 결혼을 하고 한 남자의 아내, 한 아이의 엄마가 되어 살아가고 있다. 아이를 출산한 뒤 군살이 붙은 그녀를 보고 사람들은 그녀도 세월의 흔적은 어쩔 수 없다고 말하기도 했지만 그녀는 얼마 지나지 않아 원래의 몸매로 돌아와 스타일리시한 맘(mom)으로서 다시 한 번 주목받고 있다. 결혼 전에는 패션 아이콘으로, 결혼 후에는 스타일리시한 맘으로 변모한 그녀가 어떤 방법으로 미모를 유지하고 있는지 알아보자.

최근 공개한 김희선의 몸매 관리 비법은 꿀이다. 여기서 주목해야 할 것은, 다이어트를 하는 데 '꿀'을 이용했다는 점이다. 일반 상식으로 꿀은 당류이기에 다이어트 시 효과가 없을 거라고 생각한다. 하지만 꿀의 당분은 설탕과 과일에 들어 있는 당과 달리 먹었을 때 소화, 분해를 하는 과정이 필요 없으며 바로 에너지원으로 사용할 수 있다. 따라서 우리 몸에서 빠르게 에너지로 사용되는 꿀의 당분은 체력이 소모된 사람에게 에너지를 공급할 수 있다. 이런 이유로 꿀은 식단을 조절하는 사람이나 환자에게 매우 좋은 식품이다.

김희선처럼 식단을 조절해 다이어트하거나 운동하며 에너지를 많이 소비하는 사람에게 꿀은 매우 효과적이다. 꿀은 완전식품 혹은 천연 영양제라는 별명이 있을 만큼 영양이 풍부하다. 꿀에는 단백질, 무기질, 비타민이 들어 있어 매일 꿀을 조금씩 먹으면 부족한 영양을 채울 수 있고, 면역력을 기를 수 있다.

꿀은 근대 의학이 발전하기 이전까지 약재로 사용돼왔다. 그리스·로마 시대부터 약으로 쓰였으며, 의사들은 꿀을 치료제로 처방하기도 했다. 꿀에 들어 있는 프로폴리스 역시 그리스 시대부터 사용되었다. 프로폴리스는 꿀벌이 꽃에서 채취한 화분과 나무의 수액 그리고 타액을 섞어 집을 만들 때 사용하는 것으로, 최근에는 천연 항생 물질로 알려져 큰 관심을 받고 있다. 프로폴리스에는 미네랄, 비타민, 아미노산, 플라보노이드가 들어 있는데, 특히 플라보노이드는 항균 효과가 있다.

꿀은 사탕수수를 이용한 감미료를 얻게 된 16세기 이전까지 유럽에서 단맛을 내기 위해 가장 많이 쓰였다. 당시 꿀은 가격이 매우 비싸고 쉽게 구하기 어려웠기 때문에 특정 계급 사람들만 먹을 수 있는 귀한 식품이었다. 꿀은 벌이 꽃에서 채집해 만들어

내는데, 어떤 꿀이든 당이 많이 들어 있어 먹을 때 단맛이 느껴진다. 우리나라 식품의약안전청 식품공전에는 '벌꿀은 꿀벌들이 꽃꿀, 수액 등 자연물을 채집해 벌집에 저장한 것을 채밀한 것으로 채밀한 뒤 화분, 로열젤리, 당류, 감미료 등 다른 식품이나 식품첨가물을 첨가하지 아니한 것'이라고 명시돼 있다. 요즘은 꿀벌에게 설탕을 먹여 생산하는 꿀이나 꿀과 설탕을 섞어 만들어 내는 형태의 꿀도 유통되고 있다.

꿀벌이 꿀을 만들어낸 역사는 6000만 년 전부터라고 하지만, 실제로 인류가 꿀을 먹기 시작한 것은 200만 년 전부터다. 가장 먼저 인간이 접한 꿀은 특별한 가공 없이 자연에서 만들어지는 그대로를 채취해 먹는 형태였다. 이집트 벽화에서도 꿀의 흔적을 엿볼 수 있는데 피라미드에서 꿀 항아리가 발견되기도 했고, 미라를 만들 때도 사용했다고 한다. 그리스·로마 시대에는 꿀을 이용한 과자류나 벌꿀주 같은 음식을 만들어 먹었다는 기록도 있다. 이때는 디저트나 음료 등 모든 음식에 꿀을 조미료로 사용했다. 단순히 단맛을 내기 위한 역할이 아니라, 맛을 내기 위한 조미료와 향을 내기 위한 향신료 역할을 한 것이다.

중세 유럽의 수도원에서는 밀랍을 얻기 위해 양봉을 했는데, 이렇게 얻은 밀랍으로 양초를 만들기도 했다. 양봉은 다른 생명을 죽이지 않고 원하는 꿀만 얻어낸다는 점에서 수도사가 기르기에 무리가 없었다.

이렇게 오랜 시간 인류와 함께해온 꿀을 이용해 다이어트를 한 김희선은 밥 대신 꿀을 먹는 방법을 택했다. 이 다이어트 방법은 꿀을 먹는 동안 다른 음식은 일체 먹지 않는 것이다. 이때 꿀의 양은 100~150그램이 가장 적당하다. 꿀을 물에 타서 음료로 만들어 먹는데, 먹기도 쉽고 공복감도 쉽게 해소할 수 있는 장점이 있다. 벌꿀은 에너지원으로 쓰기에 더할 나위 없이 좋은 식품이므로 체력이 약한 사람들도 시도해볼 만한 다이어트 방법이다. 꿀을 이용한 원 푸드 다이어트는 한 가지 식품만 먹게 되므로 칼로리의 섭취가 적어 체중을 줄이기 쉽다. 하지만 제아무리 영양 성분이 골고루 함유돼 있다 해도 탄수화물을 섭취하지 않고 진행해야 하므로 영양이 한쪽으로 치우치기 쉽다. 따라서 2~3일 이상 지속하지 않는 것이 좋다. 이렇게 한 가지만 먹으면서 진행하는 방법은 단시간에 체중을 조절할 수 있다는 장점이 있지만, 오래 지속하는 것은 오히려 몸에 무리를 줄 수 있으므로 정상적인 식생활과 병행해야 한다.

벌이 꿀을 만들 때 독성이 있는 식물에서 채취하는 경우도 있는데, 이런 경우 식물의 독성이 꿀에 그대로 들어 있게 된다. 따라서 안전을 위해 정식으로 수입, 판매하는 꿀이 아닌 경우 먹지 않는 것이 좋다. 그리고 꿀에 대해 꼭 알아두어야 할 점이 있는데 한 살 이전의 영아들은 꿀을 먹지 않는 것이 좋다. 꿀에 들어 있는 보툴리누스균 때문에 식중독을 일으킬 수 있기 때문이다. 이 식중독은 호흡 장애나 마비 증상을 일으키기도 한다. 그리고 홍차처럼 타닌 성분이 있는 식품을 꿀과 함께 먹으면 꿀에 들어 있는 철 성분과 타닌 성분이 결합해 인체가 흡수할 수 없는 타닌산철로 변하므로 주의해야 한다.

꿀은 그 자체에 보습 효과가 있어 목욕을 하거나 팩을 하면 피부 미용에 매우 효과적이다. 네로 황제의 부인 포파이아, 세기의 미녀 클레오파트라, 루이 15세의 마지막 정부 뒤바리 백작 부인 역시 꿀을 이용해 아름다운 피부를 가꾸었다. 특히 포파이아는 우유와 꿀을 섞어 목욕을 했는데, 이런 목욕 방법은 건성 피부에 좋다. 그래서 최근에는 꿀의 성분을 이용해 화장품을 만들기도 한다.

음식으로서뿐 아니라 바르는 것만으로도 효과가 있는 꿀은 그야말로 천연 미용 식품이다. 김희선처럼 꿀을 먹거나 포파이아, 클레오파트라, 뒤바리 백작 부인처럼 피부에 직접 바른다면 스타일리시하고 아름다운 모습을 가꿀 수 있을 것이다. 화학 성분을 넣지 않은, 자연 그대로의 꿀이야말로 우리를 건강하고 아름답게 지켜줄 식품이다.

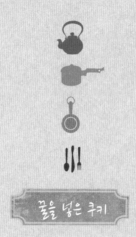

꿀을 넣은 쿠키

재료 꿀 1/3컵, 올리브 오일 6큰술, 바닐라 에센스 1큰술, 밀가루(박력분) 55g, 아몬드 가루 40g, 베이킹파우더 1/3큰술, 소금 1/4큰술, 오트밀 2컵, 아몬드 1/2컵, 말린 과일 믹스 1컵

1. 올리브 오일을 전자렌지에 넣어 30초간 데운 뒤, 바닐라 에센스와 꿀을 넣어 녹이면서 섞는다.

2. 1에 밀가루, 아몬드 가루, 베이킹파우더, 소금을 체에 내린 뒤 오트밀, 아몬드, 말린 과일 믹스를 섞어 반죽을 만든다.

3. 반죽을 3∼4cm로 동그랗게 만들어 랩에 싼 후 냉장고에서 30분 정도 숙성시킨다.

4. 3을 꺼내 살짝 눌러 모양을 잡는다.

5. 오븐 팬에 유산지를 깔고 쿠키를 올린다.

6. 180℃로 예열한 오븐에 넣어 30분간 굽는다.

TIP

1. 오븐의 종류에 따라 굽는 시간이 달라질 수 있다.

2. 반죽이 질 경우 밀가루나 아몬드 가루를 넣어 농도를 맞춘다.

육감적
몸매의
비밀

제시카 알바의 파프리카

미국 드라마와 영화에서 종횡무진 활동하는 섹시한 이미지의 배우, 볼륨 있고 탄탄한 몸매 덕분에 할리우드의 섹시 아이콘으로 불리는 배우. 어떤 여배우가 떠오르는가? 아마도 많은 사람이 제시카 알바를 떠올리지 않을까 싶다. 이런 사람들의 생각을 반영하듯 그녀는 2003년과 2007년 두 번에 걸쳐 〈맥심〉이 선정한 '가장 핫한 스타 100인'에서 1위로 뽑혔으며, 2007년 〈FHM(For Him Magazine)〉이 선정한 가장 섹시한 여성으로 뽑히기도 했다. 그만큼 그녀는 미국인이 가장 섹시하다고 생각하는 대표 여배우다.

두 아이의 엄마인 제시카 알바는 여전히 아름다운 몸매를 유지해 많은 관심을 받고 있다. 물론 그녀는 출산 이후 자신의 몸매에 자신이 없다는 말을 하지만, 이러한 말과는 다르게 그녀가 독특한 매력의 아름다운 여배우라는 데 그 누구도 이견이 없을 것이다.

이렇게 섹시한 여성으로 꼽히는 그녀가 즐겨 먹는 음식은 파프리카다. 파프리카는 고추의 한 종류로 일반적으로 생각하는 고추처럼 매운맛은 없다. 스위트페퍼(sweet pepper)라 불릴 정도로 단맛이 나면서 수분이 많이 들어 있어 아삭거리는 식감이 특징이다. 익히지 않고 생으로 먹어도 마치 과일을 씹는 듯 부담이 없어 샐러드 같은 음식에 넣기도 하고, 과일처럼 씻어서 그냥 먹기도 한다. 특히 칼로리가 낮아 다이어트하는 여성들이 환영할 만한 식품이다.

피망과 파프리카는 같은 계열의 고추라고 할 수 있다. 서양에서는 피망과 파프리카를 같은 고추과로 분류하고 있는데, 우리나라는 일본의 영향으로 둘을 따로 구분하고 있다. 생김새나 맛에 약간의 차이가 있는데 피망은 과육이 얇고 수분이 적으며 길

쭉하게 생겼고 먹을 때 약간 매운맛이 있다. 색은 녹색과 붉은색 두 종류가 있다. 파프리카는 과육이 두껍고 수분이 많이 들어 있으며 통통하고 둥글둥글하다. 먹을 때 매운맛이 거의 나지 않으며 단맛이 강하다. 색은 주황색, 노란색, 붉은색 등 다양하다.

파프리카의 역사는 고추의 역사와 비슷하다. 고추는 페루, 남아메리카가 원산지로 알려져 있다. 기원전 7000년 전 멕시코 테우아칸(Tehuacan) 원시 유적지에서 고추 화석이 발견되기도 했다. 그런가 하면 페루에서는 기원전 2000년경 것으로 추정되는 고추 유물이 발견되었다. 이처럼 인류가 고추를 먹어온 역사는 생각보다 오래됐다.

고추는 크리스토퍼 콜럼버스가 향신료를 찾기 위해 도착한 신대륙에서 발견했다. 처음 고추를 발견한 콜럼버스가 고추를 자신이 찾던 후추라고 생각해 페퍼라고 부르는 바람에 지금도 고추를 부를 때 페퍼와 칠리를 혼용하고 있다. 유럽에는 1493년에 소개됐는데 유럽인은 고추를 제2의 후추라 불렀으며, 후추보다 가격이 저렴하고 구하기가 쉬워 일반인도 쉽게 이용할 수 있었기 때문에 보급 속도가 매우 빨랐다. 그래서 가장 짧은 기간에 전 세계에 퍼진 향신료가 바로 고추다. 임진왜란 후 우리나라 문헌에도 고추에 대해 언급한 부분이 있으며, 일본군이 임진왜란 때 고추를 화학무기로 사용했다는 설과 가지고 들어왔다는 설이 있다.

파프리카는 레몬이나 사과보다 훨씬 많은 양의 비타민이 함유돼 있다. 파프리카에 함유된 비타민은 성분에 따라 효과가 다른데, 비타민 A는 피부 세포를 재생시키고 피부 노화를 늦춰준다. 따라서 비타민 A를 충분히 공급하지 않으면 피부 표면의 균형이 깨지고 각질이 잘 탈락되지 않아 피부가 거칠어지고 푸석푸석해진다. 비타민 C는 콜라겐을 합성하는 데 효과가 있기 때문에 피부를 건강하게 유지해주고 깨끗하고 화사하게 만들어주는 역할을 한다. 비타민 C가 충분히 공급되지 않으면 피부에 탄력이 떨어지고 수분의 균형이 깨지게 된다.

비타민은 수용성과 지용성이 있는데 파프리카에 들어 있는 비타민 A는 지용성 비타민이므로, 파프리카는 생으로 먹는 것도 좋지만 기름을 넣고 조리해 먹는 것이 더 효과적이다.

파프리카의 다양한 색은 파프리카에 함유된 영양 성분을 그

대로 보여주는 역할을 한다. 같은 파프리카라 해도 붉은색 파프리카와 녹색 파프리카 그리고 노란색 파프리카가 각각 그 영양이 다르다.

붉은색 파프리카에는 라이코펜 성분이 많이 들어 있는데, 이 성분은 파프리카뿐 아니라 대부분의 붉은색 식품에 들어 있다. 이 성분은 항암 작용과 노화 방지에 탁월한 효과가 있으며, 혈액 순환을 돕고 심혈관계 질환을 예방해준다. 또한 칼슘, 인 등의 미네랄이 함유돼 있어 성장기 어린이에게 아주 좋은 식품이다. 특히 붉은색 재료를 요리에 넣으면 시각적으로 식욕을 자극하는 효과가 있어 음식을 맛있게 즐길 수 있다.

노란색 파프리카는 단맛이 강하고 매운맛은 거의 느껴지지 않는다. 노란색 파프리카의 리모넨이라는 색소는 항암 작용과 노화 방지에 효과적이다. 노란색 식품은 몸속 노폐물을 배출해준다.

녹색 파프리카는 철분이 많이 들어 있지만 식물성 철분은 흡수가 잘 되지 않는다. 섬유질이 많이 들어 있어 장운동에도 좋은 효과를 볼 수 있다. 녹색 식품은 식욕을 돋우고, 시각적으로 마음을 안정시키는 효과가 있다. 따라서 심리적 안정을 줄 수 있는 색으로 편안함을 제공한다. 붉은색으로 갈수록 영양소 함량이 높기 때문에 붉은색과 주황색 파프리카는 아이들은 물론, 영양 공급이 필요한 사람이 먹으면 매우 좋다.

파프리카는 비타민뿐 아니라 칼슘과 철분이 들어 있기 때문에 다이어트를 하느라 건강을 챙기지 못하는 젊은 여성에게 꼭 필요한 식품이다. 또한 칼로리가 매우 낮아 살찔 걱정 없이 먹을 수 있으며, 비타민처럼 피부에 영양을 공급하는 성분도 많이 들어 있어 여성에게 더없이 좋은 식품이다. 수분도 많이 함유해 금방 포만감을 느낄 수 있어 많은 양의 음식을 먹는 것을 막아줄 수 있다.

제시카 알바는 식단 조절을 하지 않으면 살찌는 것을 걱정해야 하는 체질이다. 그녀의 가족들을 보면 그녀가 살찌는 체질이라는 것을 금방 알 수 있다. 그래서 그녀는 항상 몸매 관리에 신경을 쓰고 있다. 그런 그녀가 영양을 챙기면서 몸매를 관리할 수 있는 식품으로 선택한 것이 바로 파프리카다. 파프리카는 다이어트뿐 아니라 균형 잡힌 영양을 공급해줄 수 있는 식품이기 때문이다.

평소 파프리카를 샐러드에 넣어 먹거나 기름을 이용한 요리를 만들어 먹을 때 식자재로 쓴다면 제시카 알바 같이 건강하고 아름다운 몸매를 가꿀 수 있을 것이다.

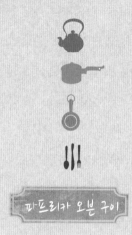

파프리카 오븐 구이

재료 양파 1개, 미니 파프리카 12개, 알감자 7알, 고구마(작은 것) 3개, 통마늘 5개,

방울토마토 5알, 미니 단호박 1개, 올리브 오일 2큰술, 소금·후춧가루 약간씩

소스 재료 발사믹 식초 1/2컵, 꿀 2큰술, 올리브 오일 1큰술, 마늘 약간

1. 팬에 소스 재료를 넣어 약한 불에 조린다.

2. 양파, 파프리카, 알감자, 고구마, 통마늘, 방울토마토, 단호박을 손질해 오븐 팬에 담는다.

3. 2에 올리브 오일, 소금, 후춧가루를 뿌린다.

4. 3을 200℃로 예열한 오븐에 넣어 10분간 굽는다.

5. 4에 1의 소스를 뿌린다.

이지적이면서도 화려한 매력의 비밀

그레이스 켈리의 연어

모나코의 왕비 그레이스 켈리는 영화배우로서 성공한 삶을 누리며 아카데미 여우주연상을 비롯한 각종 상을 휩쓸기도 한 아름다운 여성이다. 그녀는 우연히 촬영차 간 모나코에서 모나코의 국왕 레니에 3세를 만나 인생의 전환점을 맞는다. 국왕과 결혼한 뒤 그녀가 영화계에서 은퇴했음에도 사람들은 그녀의 패션이나 스타일에 많은 관심을 가졌다. 이러한 관심 덕분에 그녀가 입거나 착용하는 모든 제품은 유행의 중심이 되곤 했다.

그레이스 켈리는 우아하고 아름다웠지만 신데렐라 같은 삶

을 살다 오십을 갓 넘긴 젊은 나이에 죽음을 맞았다. 지금도 그녀의 죽음을 두고 많은 얘기가 있지만, 그녀가 절세미인이며 그 아름다움 때문에 평범한 삶을 살지 못한 것은 분명한 사실이다. 그녀에게는 투명하고 하얀 피부, 금발 머리, 파란 눈, 그리고 이지적이고 도도한 매력, 따스하고 귀족적 우아함이 있었다.

그레이스 켈리가 살아생전 즐겨 먹은 음식은 연어다. 연어는 강에서 태어나 바다로 나갔다가 바다에서 성장한 뒤 산란하기 위해 다시 강으로 거슬러 올라간다. 고향인 강으로 되돌아가는 데 필요한 에너지를 근육과 지방에 저장하고, 그 힘으로 강으로 돌아가 산란을 한다. 그래서 산란을 위해 강에 도착한 연어는 살의 색이 흐려지고 지방도 거의 빠진 상태가 된다. 연어는 이렇게 몸에 저장해둔 모든 영양을 소진하고 산란을 끝내면 죽음을 맞는 것이다.

오로지 산란을 위해 몸에 영양을 저장해 바다에서 강으로 되돌아오는 연어의 일생은 드라마틱하고 독특하지만, 어쨌든 이렇게 영양을 품고 바다에서 강으로 올라오는 시기의 연어가 맛과 영양이 가장 좋다. 따라서 맛있는 연어를 먹으려면 산란기에 바다에서 강으로 막 들어가는 부근에서 잡은 것이 좋다.

연어는 송어와 함께 세계적으로 가장 즐겨 먹는 생선 중 하나인데 그 특유의 향과 맛 덕분에 미식가들에게 인기가 높다. 이 맛과 향은 카로틴 색소 계열의 아스타크산틴 색소에서 나는 것이다. 연어는 바다에 서식하는 갑각류를 먹어 섭취한 색소를 근육에 저장하는데, 연어 특유의 색상과 맛은 이 과정에서 생긴다.

연어는 지방이 풍부하고 맛이 부드러운 특징이 있다. 연어에 함유된 불포화지방산인 DHA와 EPA는 피부 트러블과 알레르기를 막아 피부 미용에도 효과가 좋다. 이뿐 아니라 연어에는 히알루론산이 들어 있는데, 이 성분은 많은 수분을 저장하는 효과가 있어 이너 뷰티 성분으로 주목받고 있다. 수분이 줄어들면 피부가 건조해지고 이 때문에 노화가 빨리 진행된다. 히알루론산은 이렇게 중요한 수분을 몸속에서 지켜주는 역할을 하므로 피부의 보습과 탄력에 영향을 미친다. 또한 혈액순환이 원활해져 영양공급이 좋아지고, 노폐물을 제거해 피부 노화를 막고 건강한 피부를 유지해준다.

연어에 들어 있는 콜라겐 역시 피부에 많은 영향을 미친다.

단백질의 일종인 콜라겐은 히알루론산, 엘라스틴과 함께 피부를 구성하는 중요한 성분이다. 콜라겐, 히알루론산, 엘라스틴은 30대가 지나면서 그 양이 감소하게 된다. 콜라겐이 감소하면서 자체적으로 생성하던 콜라겐 양도 줄어들기 때문에 음식을 통해 공급하는 것이 좋다. 진피의 대부분은 콜라겐으로 구성되어 있으므로 콜라겐이 함유된 식품을 먹으면 피부에 탄력이 생기고 면역력이 높아진다.

콜라겐은 피부뿐 아니라 뼈, 관절, 모발에 이르기까지 몸속 다양한 곳에서 중요한 역할을 한다. 콜라겐을 섭취할 때는 그냥 먹는 것보다는 비타민 C와 함께 먹는 것이 좋다. 비타민 C는 콜라겐을 만들고 흡수하는 것을 도와주므로 콜라겐과 궁합이 잘 맞는다.

연어에는 콜라겐뿐 아니라 비타민 B_2가 많이 들어 있다. 비타민 B_2는 피부 미용에 매우 이롭지만, 다른 비타민 B군과 마찬가지로 체내에 저장되지 않는다. 저장해놓았다가 사용하는 영양소가 아니기에 수시로 외부에서 체내로 공급해야 하는 어려움이 있다. 비타민 B_2가 부족하면 입 주변이 헐거나 염증이 생기는 구순염과 구각염, 지루성 피부염 같은 피부 질환이 생길 뿐 아니라 설염, 빈혈 같은 증상이 나타나기도 한다.

특히 여성이 다이어트를 할 때 피부와 머리카락에 많은 손상을 입게 되는데 비타민 B_2를 충분히 공급하면 피부, 머리카락, 손톱을 건강하게 가꿔준다. 그래서 비타민 B_2를 미용 비타민이라 부르기도 한다.

연어를 먹으면 피부 미용에 효과가 있으며, 팩을 하면 다크서클이 없어진다고 해서 한동안 많은 관심을 받기도 했다. 하지만 연어 팩이 다크서클을 없애준다는 정확한 효능이나 효과는 밝혀지지 않아 이를 확신하기는 어렵다. 다만 연어에 들어 있는 아스타크산틴 색소는 피부에 색소가 침착되는 것을 개선하는 효과가 있고, 불포화지방산인 DHA와 EPA는 세포 재생에 효과가 있으니 피부에 좋은 것은 분명하다. 연어의 콜라겐과 히알루론산이 혈액순환을 원활하게 해 눈 밑이 검게 변하는 것을 막아준다. 따라서 피부가 푸석푸석하고, 수분이 없으며, 탄력이 떨어졌을 때 연어를 적당히 먹으면 피부에 수분과 탄력을 보충해준다.

연어에는 불포화지방산인 DHA와 EPA가 함유돼 있다. 불포화지방산은 혈액순환을 원활하게 하고 콜레스테롤 수치를 낮춰 혈관계 질환이 생기는 것을 막아준다. 단, DHA와 EPA의 경우 체내에서 합성할 수 없기 때문에 음식으로 섭취해야 한다. 그런데 DHA는 조리를 할 때 손실되기 쉬워 굽거나 튀기는 조리 방법보다는 회로 먹는 것이 효과적이다.

연어에 함유된 비타민 A는 우리나라 사람이 충분히 섭취하지 못하는 영양소 중 하나다. 비타민 A를 풍부하게 섭취하면 감기를 예방하며 눈 건강에도 효과가 좋다.

그레이스 켈리가 즐겨 먹은 연어는 이처럼 피부 미용과 성인병 예방에 효과가 뛰어난 식품이다. 연어는 지금도 피부 미용과 보습 그리고 미백에 관해 이야기할 때 빠지지 않을 만큼 피부를 가꾸는 데 꼭 필요한 존재다. 연어는 그레이스 켈리가 결혼하고 오랜 시간이 흐른 뒤에도 아름답고 투명한 피부 그리고 미모를 간직할 수 있게 한 시크릿 식품이라고 할 수 있다.

연어는 그레이스 켈리뿐 아니라 할리우드의 많은 스타들이 즐겨 먹고 있는데 제니퍼 애니스턴과 귀네스 팰트로, 앤젤리나 졸리의 식단에도 포함돼 있다.

연어는 다른 동물성 식품보다 포화지방산이 적어 단순히 피부 미용뿐 아니라 건강식 식단에도 자주 등장한다. 따라서 연어를 즐기는 식습관은 그레이스 켈리 같은 이지적이면서도 화려한 아름다움을 지닐 수 있는 하나의 열쇠가 되는 것이다.

연어 바게트

재료 찹쌀 바게트(슬라이스) 10조각, 훈제 연어(슬라이스) 10장, 마요네즈 2/4컵, 케이퍼 1큰술,

크림치즈 1/4컵, 블랙 올리브(다진 것) 4큰술, 바질 페스토 2큰술, 오레가노 약간,

레몬즙 1/2작은술

1. 그릇에 마요네즈, 크림치즈, 블랙 올리브, 바질 페스토, 오레가노, 레몬즙을 넣어 섞는다.

2. 슬라이스한 바게트 위에 1을 바른다.

3. 2에 훈제 연어를 올린다.

4. 3의 연어에 케이퍼를 올린다.

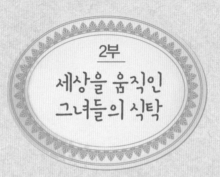

2부

세상을 움직인
그녀들의 식탁

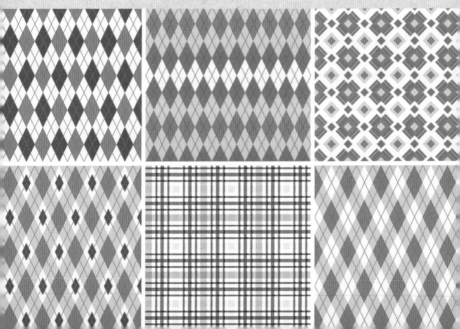

01

밤의
여왕의
비밀

클레오파트라의 상추

이집트의 여왕 클레오파트라는 그 뛰어난 미모로 카이사르와 안토니우스를 손에 넣고 쥐락펴락한 것으로 유명하다. 수학자 파스칼이 그녀의 코가 조금만 낮았다면 역사가 바뀌었을 거라고 말할 정도로 클레오파트라의 미모는 빼어났다고 한다. 클레오파트라는 단순히 아름다움만 지닌 게 아니라, 자신의 나라 이집트를 지키기 위해 로마를 이용한 전략가이자 여걸의 모습도 보여주었다.

당대 최고의 미녀 클레오파트라의 시크릿 메뉴는 다름 아닌 상추가 들어간 샐러드다. 클레오파트라가 이 샐러드 덕분에 밤

의 여왕 자리에 오를 수 있었다는 사실을 알고 있는가.

일반적으로 상추는 졸음을 유발하므로 수험생이 먹으면 안 되는 음식이라는 인식이 강하다. 상추에는 '락투신(lactucin)'과 '락투세린(lactucerin)'이라는 성분이 들어 있는데 이 성분은 스트레스를 낮추고 신경을 안정시켜 숙면에 도움을 준다고 알려져 있다. 불면증에 시달린 클레오파트라도 이를 활용해 잠이 오지 않을 때는 상추를 즐겨 먹었다고 한다.

상추를 잘랐을 때 나오는 하얀 진액을 동양에서는 남성의 정액, 서양에서는 여성의 젖에 비유하기도 한다. 이 진액은 마취 작용을 해 진통과 최면 효과를 지니고 있다고 알려져 있다. 그리스의 의학자 히포크라테스는 그 효과가 도를 넘어서면 아편과 흡사한 반응이 나타나기도 한다고 말했을 정도다. 그래서 히포크라테스는 수술을 해야 할 환자에게 수술 전 상추를 먹도록 처방하기도 했다.

우리나라에서 상추는 스태미나를 보강하는 음식으로 알려져 있다. 삼국 시대부터 상추를 먹어왔는데, 이른바 전통적 스태미나식이라고 할 수 있다. 이집트에서도 상추는 풍요로움과 성(性)

의 신에게 진상하는 채소로 관능적 이미지를 지녔으며, 벽화에 상추를 재배한 흔적이 남아 있다. 기원전 550년경 페르시아 왕의 식탁에는 상추가 오르곤 했는데, 이 역시 수많은 후궁을 거느린 왕의 기운을 보완하기 위해서일 것이다. 시저 황제와 우리나라의 고종 황제도 상추를 즐겨 먹었다는 기록이 남아 있다.

클레오파트라와 상추에 얽힌 흥미로운 이야기가 있다. 정치적 이유로 카이사르와 안토니우스에게 접근한 클레오파트라는 단순히 자신의 기쁨과 즐거움을 위해 잠자리를 하지는 않았다. 그녀는 남성들과 함께한 잠자리에서 자신이 원하는 것을 얻어내기 위해 무던히 노력했다. 따라서 잠자리 전에 남성에게 제공하는 음식은 다 그럴 만한 이유가 있는 것이었다. 그녀는 미네랄과 비타민이 풍부한 상추샐러드를 남성에게 주었는데, 이러한 성분은 강장제 역할을 하기 때문에 긴장을 풀어주고 피로를 해소하는 데 효과적이다. 또한 상추샐러드와 함께 몸을 덥게 하는 음식을 제공해 잠자리에서 남성의 기운을 북돋았다.

클레오파트라는 음식을 어떻게 사용하는 것이 가장 효과적인지 이미 알고 있었다. 상추뿐 아니라 다양한 음식을 남성에게

제공했으며, 항상 방금 막 조리를 끝낸 따뜻하고 신선한 상태를 유지하게 했다고 한다. 어떤 음식도 막 조리한 그 순간이 가장 맛있고, 인체에 뛰어난 효과를 내기 때문이다. 또한 음식을 먹는 사람과 대화의 양, 대화 속도 혹은 식사를 하는 동안 벌어질 수 있는 모든 변수를 생각해 그때마다 가장 최상의 음식을 제공했다. 이 모든 것은 그녀 나름대로의 외교 방식이었으며, 이러한 외교 방식을 통해 그녀는 마지막까지 본인이 원하는 것을 얻을 수 있었다.

사실 클레오파트라는 알려진 것만큼 아름다운 여인이 아니었다고 한다. 그럼에도 지금까지 세기의 미인, 절세미인이라 불릴 만큼 그녀는 자신의 매력을 한껏 발산했다. 이처럼 음식까지 정치적 도구로 사용한 클레오파트라는 그 음식만의 효능과 효과가 그만큼 중요하다는 것을 알고 있을 만큼 치밀했다.

상추는 피부 미용에도 꼭 필요한 채소다. 90퍼센트 이상 수분으로 되어 있으며, 비타민 A와 비타민 C뿐 아니라 무기질 같은 성분을 많이 함유해 피부 재생에 도움을 준다. 따라서 피부에 이상이 생겼을 때 치유하는 효과도 있다. 비타민 C는 칼슘의 흡수를 도와주는 역할을 하므로 갱년기 여성에게도 효과적인 식품이다. 뿐만 아니라 풍부한 섬유질을 함유해 장운동을 촉진시켜 부드러운 배변을 도와준다. 상추에 들어 있는 필수아미노산과 철분은 빈혈을 예방하는 데도 좋다.

요즘 상추가 미용을 위한 음식으로 주목을 받고 있다. 다름 아닌 2NE1의 멤버 박봄 때문인데, 박봄은 블로그에 상추를 이용한 다이어트 방법을 올리면서 청소년을 비롯한 미용에 관심이 많은 여성들의 시선을 사로잡았다.

상추는 칼로리가 높은 음식이 아님에도 섬유질을 많이 함유해 조금만 먹어도 배가 부르다는 느낌을 주므로 음식 양을 조절하기 쉽다. 또 칼로리가 낮아 많은 양을 먹어도 살찔 걱정을 하지 않아도 된다는 장점이 있어 다이어트를 하는 데 효과적이다. 저렴하고 손쉽게 구할 수 있는 데다 특별한 조리 과정이 필요하지 않아 별다른 어려움 없이 상추를 이용한 다이어트를 시도할 수 있다. 상추에 밥을 싸서 먹을 때는 나트륨이 들어 있는 장류를 곁들이지 않는 것이 좋다. 또한 날것으로 먹어야 영양 성분의 파괴를 줄일 수 있다. 칼로리가 낮아 상추만으로 끼니를 때운다면 오히려 건강에 해를 끼칠 수 있지만, 다른 식품과 적절히 섭취하면 안정적인 다이어트 효과를 볼 수 있을 것이다.

단, 상추를 먹을 때 몸의 기운이 너무 차가운 사람은 설사를 하거나 탈이 날 수도 있으므로 성질이 따뜻한 음식과 같이 먹는 것이 좋다.

이집트의 클레오파트라에게는 정치적 목적과 나라를 지키기 위한 도구로, 가수 박봄에게는 다이어트와 피부를 가꾸기 위한 도구로 쓰인 상추. 이처럼 상추의 특징과 체질을 정확히 파악하고 섭취한다면 다이어트나, 피부 미용에 있어서 큰 효과를 볼 수 있을 것이다.

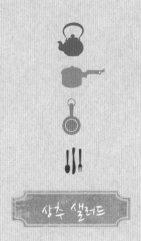

상추 샐러드

재료 상추 50g, 세이지 10g, 브로콜리 30g, 마늘 3개, 토마토 1/2개
올리브 오일 2큰술, 양송이버섯 3개

소스 재료 올리브 오일 1/4컵, 발사믹 식초 1/4컵, 소금, 훗추가루 약간

1. 상추, 세이지, 토마토는 깨끗이 씻어 물기를 뺀 뒤 한입 크기로 썬다.

2. 브로콜리는 소금물에 데쳐서 한입 크기로 썬다.

3. 양송이버섯과 마늘은 편으로 썰어서 올리브 오일을 두르고 볶는다.

4. 준비한 재료를 모두 섞은 뒤 분량의 재료로 만든 소스를 곁들인다.

TIP
다이어트하는 사람은 소스를 곁들이지 않는 것이 좋다.

02

미인이
챙겨 먹는
과일의 비밀

양귀비의 리치

양귀비는 당 현종의 며느리였지만, 현종은 빼어나게 아름다운 그녀에게 반해 끝내 아들의 여자를 자신의 후궁으로 삼았다. 그녀의 아름다움을 묘사한 수많은 글과 자료를 통해 그녀는 이미 동양의 미를 대표하는 여인으로 꼽히고 있다. 최고 권력자인 황제의 사랑을 독차지한 양귀비가 먹은 음식은 무엇일까? 어떤 비밀스러운 음식이기에 그토록 아름다운 여인이 될 수 있었을까? 문헌을 통해 알아본 결과, 그녀는 '리치'를 즐겨 먹었다고 한다.

　　리치라고 하면 낯설게 여길 수도 있지만, 리치는 사실 주변에서 쉽게 찾아볼 수 있는 과일이다. 중국 음식점에서 식사를 마치면 후식으로 제공하는 우윳빛 과일, 그것이 바로 '리치'다.

리치는 열대 과일의 한 종류로 중국에서는 '여지'라는 이름으로 불린다. 람부탄과 헷갈리기 쉬워 음식에 관심이 많은 사람도 가끔 혼동하지만, 엄연히 다른 과일이다. 과육의 형태나 맛은 비슷해도 겉모양에서 큰 차이가 있다. 리치는 단단한 적갈색 껍질로 되어 있으며 자두보다 작은데, 람부탄은 성게와 흡사한 모양에 그 색이 매우 붉다. 람부탄의 과육은 단맛이 강하며, 독특한 향이 나고, 입에서 씹히는 질감은 리치보다 조금 더 쫄깃하다.

리치는 중국 남부에서 과일의 왕으로 불리며 양귀비의 고향에서 나는 특산품으로 유명하다. 리치의 맛에 반한 양귀비는 매년 5, 6월에 고향에서 직접 공수해 먹었다고 한다. 요즘은 쉽게 접할 수 있는 과일이지만 예전에는 구하기 어려운 과일이었기에 이를 구하기 위해서는 많은 노력이 필요했다. 리치는 성질이 예민해 가지에서 수확한 뒤 하루가 지나면 색이 변하고, 이틀이 지나면 향이 변하고, 사흘이 지나면 맛이 변하고, 나흘이 지나면 색·향·맛이 모두 사라진다. 따라서 당시 신선한 리치를 공수하기 위해 50리, 100리 간격으로 초소와 숙소를 두었고, 상자에 리치를 담아 밤낮없이 말을 달리게 했다. 양귀비야 그렇게 공수한 리치를 맛있게 먹으면 그만이지만, 이를 수확하고 나르는 백성들이 얼마나 힘들었을지 능히 짐작할 수 있다. 당연히 백성들의 원성이 자자했지만 현종은 양귀비를 위해 매일 리치를 가져오게 했다고 한다. 심지어 열매가 달린 나무를 뿌리째 뽑아 운송했다는 말이 있을 정도로 양귀비에게 신선한 리치를 제공하려는 현종의 노력은 대단했다.

양귀비가 이렇게 리치를 사랑한 이유는 무엇일까? 리치는 지구력 향상, 자양강장 효과가 있어 체력을 유지해주고, 스태미나와 혈액 양을 증강시키며, 아름답고 윤기 있는 피부로 가꾸는 데 효과적이기 때문이다. 즉, 단순히 맛이 좋아 즐긴 것이 아니라는 것이다. 《본초강목》에도 리치가 간장과 췌장에 이롭고, 스태미나와 혈액 증강에 효과적이라는 기록이 있다. 이러한 효과 때문에 중국에서는 출산한 뒤 회복기에 산모들이 리치를 즐겨 먹는다.

어쨌든 리치는 양귀비가 국정에 깊이 관여하는 데 크게 기여한 과일이라고 할 수 있다. 양귀비는 리치로 낮에는 자신의 입을

즐겁게 했고, 밤에는 현종의 잠자리를 즐겁게 했으며, 이를 통해 사심을 채울 수 있었다.

현종은 통통한 여성을 좋아하지 않은 것으로 알려졌다. 그런데 양귀비를 그린 그림이나 양귀비의 상을 보면 키가 작고, 풍만하며, 복스러운 풍채를 지녔다. 또 문헌을 살펴보면 양귀비는 날씬한 체격이 아닌 것으로 알려졌다. 따라서 현종의 마음을 사로잡기 위해 양귀비는 꾸준히 다이어트를 하면서 피부 관리와 미용에 많은 관심을 기울였을 거라 추측된다. 양귀비는 모든 음식을 마음 편하게 먹지 않았을 것이다. 주로 채식과 과일 위주의 식단으로 식사를 하면서 살이 찌지 않도록 조심했으며, 몸속 독소를 배출해 피부를 다스리기 위해 노력했을 것이다. 그녀가 즐겨 먹은 리치만 봐도 알 수 있다.

리치는 열량이 낮아 다이어트를 하는 여성들이 먹기에도 적합한 과일이다. 당도가 높은 편이지만 인공으로 가공한 당이 아니기 때문에 크게 걱정할 필요는 없다. 특히 열대 과일은 우리가 일반적으로 접하는 과일에는 부족한 성분인 미네랄이 풍부하게 들어 있어 영양의 균형을 맞추는 데도 좋다.

같은 맥락에서 그녀가 사용한 미용법의 대부분은 피부의 독소를 빼는 방법이었다. 아름다운 피부도 아닌 데다 주근깨가 많은 검은 피부였다는 설을 유추해볼 때, 양귀비는 오직 노력으로 아름다움을 가꾼 대표적 미인이었다는 가설이 가능하다. 결국 양귀비의 사랑을 듬뿍 받으며 '미인이 먹는 과일'이라는 별칭이 붙은 리치는 그녀의 백옥 같은 피부를 만드는 데 결정적 역할을 했을 것이다.

리치를 먹으면 정서적으로 안정감이 생기고, 혈색이 밝고 맑아지며, 피붓결이 고와진다고 알려져 있다. 단백질, 인, 비타민, 철분, 안토시아닌, 펙틴 같은 성분이 함유돼 있으며 풍부한 수분을 공급하기 때문이다. 또 항산화 작용으로 피를 맑게 정화해주고, 콜라겐의 생성을 도와주기 때문에 아름답고 고운 피부를 만들 수 있다. 콜라겐은 단백질의 한 종류로, 세포가 늘어나고 활성화하는 데 크게 작용하는 물질이다. 체내의 콜라겐은 30대 이후부터 서서히 줄어들게 되므로 30대 이후에는 콜라겐을 제공할 수 있는 식품을 자주 먹는 것이 좋다. 특히 콜라겐은 먹는 방식으로 체내에 공급해야 흡수가 잘된다. 양귀비는 콜라겐 성분을

몰랐겠지만, 리치를 먹으면 피부가 아름다워진다는 것만은 알고 있었을 것이다.

리치에는 비타민 C도 풍부하게 들어 있어 피부를 건강하게 해주면서 혈색을 아름답게 가꿔준다. 비타민은 피부 건강에 매우 중요한 역할을 한다. 피부의 저항력을 높여주면서 피붓결을 정돈하는 데도 효과적이다. 이러한 비타민은 열이나 빛에 금방 파괴되므로 리치처럼 먹는 식품으로 공급해주는 것이 좋다.

양귀비뿐 아니라 측천무후도 즐겨 먹은 리치는 그 맛을 떠나 매우 희귀하고 영양이 풍부해 권력의 중심에 있던 많은 여성의 애호 식품으로 자리 잡을 수 있었다. 다행히 지금은 구하기 어렵지 않으니 마음껏 먹고 건강과 아름다움을 지키는 게 어떨는지.

양귀비의 리치

리치 셔벗

재료 **리치 2컵, 리치 주스 1/2컵, 레몬 1/2개**

1. 리치를 얼린다.

2. 얼린 리치와 리치 주스, 레몬즙을 믹서에 넣어 곱게 간다.

3. 2를 냉동실에 넣어두고 1시간마다 꺼내 숟가락으로 긁는다.

03

왕족의
식탁에서 찾은
아름다움의 비밀

다이애나 스펜서의 캐비아

다이애나 스펜서의 캐비아

아름다운 다이애나 왕세자비는 젊은 나이에 왕가의 일원이 되어 많은 여성이 원하는 삶을 살았지만, 그녀의 생활과 삶이 언론을 통해 대중에게 실시간으로 생중계되다시피 하면서 고통을 겪기도 했다. 지금도 그녀에 대해서는 많은 논란이 있지만, 한 가지 확실한 것은 매우 아름다웠고 많은 남성에게 사랑을 받았다는 점이다. 그녀는 단순히 아름다운 것이 아니라 우아하고 클래식한 매력이 있었다. 그래서인지 그녀의 일거수일투족은 물론, 패션이나 일상생활까지 대중에게 관심의 대상이었다. 이렇듯 많은 사람에게 선망의 대상이던 그녀가 즐겨 먹은 음식

역시 여성들에게는 호기심의 대상이 되었다.

다이애나가 즐겨 먹은 식품은 다름 아닌 캐비아다. 캐비아는 푸아그라, 송로버섯과 함께 세계 3대 진미 중 하나다. 생산량도 적고 구하기 어려울수록 그 가치가 높아지는 것은 시장의 원리이기에 아무리 맛있는 음식이라도 주변에서 흔히 구할 수 있다면 '진미'라는 이름을 쓸 수 없을 것이다. 캐비아 역시 손쉽게 구할 수 있는 식품이 아니며, 그만큼 고가에 판매되고 있다. 보석 같은 가치를 지녔다는 의미에서 붙은 '검은 진주'라는 별칭에서 캐비아가 얼마나 귀한 식품인지 알 수 있다. 어쩌면 캐비아를 먹는다는 것은 강력한 부와 권력을 지니고 있다는 상징인지 모른다.

캐비아는 철갑상어의 알을 소금에 절인 것을 말한다. 하지만 요즘은 철갑상어의 알뿐만 아니라 소금에 절인 모든 종류의 생선 알을 뜻하는 것으로 그 의미를 확장해 사용하고 있다. 이 같은 이유 때문에 캐비아의 정확한 정의에 대해 헷갈리는 경우가 많다. 하지만 다이애나가 먹은 캐비아는 철갑상어의 알이다.

1800년대 중반만 해도 철갑상어는 지금처럼 희귀종이 아니었다. 캐비아의 생산량도 지금보다는 많았으며, 캐비아를 활용한 요리도 다양했다. 그러나 1900년대 들어 철갑상어가 멸종 위기를 맞았고, 이에 따라 철갑상어 알인 캐비아도 고가의 사치품이 되었다.

적은 양의 소금을 넣어 농도를 낮춘 캐비아가 가장 최상급으로 분류된다. 소금에 철갑상어 알을 절이면 그 맛이 훨씬 뛰어나고, 알이 탱글탱글해 씹는 질감이 좋으며, 알 속 액체의 점성을 좋게 해 식감이 한층 고급스러워진다. 소금에 절일 때는 너무 성숙한 알이나 미성숙한 알은 제외하고 사용하는 것이 좋다.

캐비아는 자연이 인간에게 선물한 최고의 식품으로 사랑받고 있다. 특히 성적인 음식으로 알려져 캐비아를 먹을 때 느껴지는 그 맛을 '관능적'이라고 표현하기도 한다.

페르시아에서는 캐비아를 최음제로 쓰기도 했는데, 자극적이고 스태미나를 강화하는 데 효과가 있다고 믿었기 때문이다. 또 도스토옙스키의 부인은 남편이 《죄와 벌》의 한 단락을 끝낼 때마다 캐비아와 섹스를 선물로 주었다고 한다.

철갑상어의 척추에 들어 있는 '베시가'라는 골수에 최음제 성분이 들어 있어 중국이나 이란에서는 철갑상어를 사랑어 혹은 정력어라는 별칭으로 부를 정도였다. 이렇듯 오랜 세월 캐비아에 최음제 성분이 들어 있다고 알려졌으나, 사실 캐비아의 최음제 성분은 그 함유량이 매우 미미하다.

생선 알에는 한 마리의 생선이 되기 위한 모든 영양 성분이 들어 있기 때문에, 생선 알은 영양이 농축된 덩어리라고 보면 되는데, 생선 그 자체보다 많은 영양 성분을 지니고 있기도 하다. 특히 단백질과 비타민 성분이 풍부하게 함유돼 있으며, 단백질의 경우 양만 많은 게 아니라, 질적으로도 뛰어나다. 또 필수아미노산을 비롯한 아미노산이 골고루 들어 있어 생선 알을 요리하면 감칠맛이 나고 향이 독특하다. 단백질은 너무 많은 열을 가하는 것보다는 살짝 익힌 상태에서 섭취하는 것이 소화 흡수에 좋다.

생선 알은 단백질 함유량은 높지만 탄수화물이나 식이섬유는 함유돼 있지 않아 쌀이나 밀로 조리한 음식과 채소를 함께 먹는 것이 좋다. 일반적으로 알의 경우 콜레스테롤 함량이 높아 꺼리는 사람들이 있는데, 생선 알에는 DHA 성분이 들어 있어 혈중 콜레스테롤 농도를 조절해주기 때문에 콜레스테롤 함유량은 크게 걱정할 필요 없다. 오히려 육류 섭취로 높아진 콜레스테롤의

경우 DHA로 인해 수치가 낮아질 수도 있다. DHA는 피부 노화를 방지하는 효과도 있다. 또 생선 알에는 비타민 $B_1 \cdot B_2$ 등도 풍부하게 들어 있다. 이렇게 다양하고 농축된 영양 성분이 들어 있는 생선 알은 회복기 환자의 환자식으로도 적합하다.

캐비아는 피부 미용에도 좋은 효과가 있다. 캐비아에 함유된 단백질, 지방, 아미노산, 비타민, 미네랄 등은 먹는 것뿐 아니라 피부에 발라도 탁월한 기능을 발휘한다. 캐비아의 영양 성분은 우리 세포가 성장하는 데 꼭 필요하기도 하지만, 피부의 세포와 그 구조가 비슷해 흡수 속도가 빠르고, 피부가 필요로 하는 영양 성분을 풍부하게 공급하며, 그 효과도 빠르게 나타난다. 피부 노화는 피부에 있어야 할 영양 성분의 결핍으로 진행되므로 영양을 충분히 공급하면 피부 노화를 막을 수 있다. 특히 캐비아의 항산화 작용은 노화를 방지하는 데 효과가 있다. 이러한 이유로 최근 캐비아가 들어간 화장품이 다양하게 출시되고 있다.

다이애나는 캐비아를 거의 매일 챙겨 먹었는데, 정력제로써가 아니라 노화를 막고 아름다운 피부와 외모를 가꾸기 위한 용도였을 것이다. 다이애나의 아름다움은 많은 남성에게 매력을 느끼게 했으며, 이를 통해 그녀의 여성성은 한층 높게 평가받았다. 따라서 실제로 캐비아는 최음제 역할을 한 건 아니지만 다이애나를 최음제보다 진하고 매력적인 향기를 뿜어내는 여성으로 가꿔 그녀를 많은 남성이 선망하는 여인으로 만든 일등 공신이라고 할 수 있다. 그녀는 캐비아를 자주 먹음으로써 그리스 신화에 나오는 다이애나 같은 존재가 될 수 있었던 것이다.

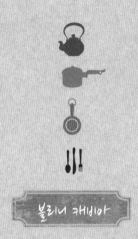

블리니 캐비아

재료 밀가루 1/2컵, 메밀가루 1/2컵, 베이킹파우더 2g, 달걀 1개, 우유 3/4컵, 캐비아 8큰술,

사워크림 1/2컵

1. 달걀은 노른자와 흰자를 분리한다.

2. 밀가루, 메밀가루, 베이킹파우더를 체에 내린다.

3. 달걀흰자는 거품을 낸다.

4. 따뜻하게 데운 우유에 달걀노른자를 조금씩 넣어 섞는다.

5. 4에 2와 3을 섞는다.

6. 달군 팬에 5의 반죽을 지름 4~5cm로 굽는다.

7. 6에 사워크림을 올린 뒤 캐비아를 올린다.

TIP

1. 금속으로 된 도구를 이용하면 캐비아가 금속을 산화시킨다.

2. 금속 도구를 사용하면 캐비아의 맛이 떨어진다.

3. 캐비아를 다른 식자재와 섞어 페이스트 형태로 발라 먹는 것도 좋다.

04

향기로
왕을 사로잡은
여인의 비밀

퐁파두르 부인의 바닐라

퐁파두르 부인의 바닐라

18세기 프랑스, 여성의 정치 참여가 활발하지 않던 그 시절 평민 출신의 한 여성이 자신의 목소리를 내며 정치에 참여했는데, 바로 퐁파두르 부인이다. 그녀는 루이 15세의 총애를 받은 애첩으로, 평민이지만 후작 부인의 위치에 오른 인물이다. 그녀는 매우 아름다웠는데, 단지 외적인 아름다움만으로 정치에 참여할 만큼 루이 15세의 신뢰를 얻을 수 있었을까? 당시 수많은 여인을 곁에 둔 루이 15세의 사랑을 독차지했다면, 그녀는 그만큼 치명적 매력이 있었을 것이다.

퐁파두르 부인은 패션, 음악, 연극, 문학 같은 여러 예술 분야에 조예가 깊었다. 이를 활용해 그녀는 자신의 살롱을 당시 사교계를 주름잡던 사람들이 모이는 하나의 장으로 만들었다. 당시 프랑스 궁정의 스타일 아이콘 역할을 하다 보니 그녀의 패션이나 스타일은 다른 귀족 여인들의 교본이 되기도 했다. 퐁파두르 힐이나 퐁파두르 헤어처럼 그녀의 스타일을 본떠 만든 것들이 유행하기도 했으며, 이런 스타일은 1950년대 들어 복고풍으로 다시 유행을 타기도 했다.

루이 15세를 사로잡기 위해 노력한 퐁파두르 부인은 절세미인이지만 불감증이 있었다고 알려져 있다. 그러나 그녀는 불감증을 자신만의 방법으로 극복하려 했다.

루이 15세와 처음 한 잠자리에서 그를 만족시키지 못한 퐁파두르 부인은 잠자리 기술을 익힌 뒤 루이 15세와 두 번째 잠자리를 했고, 그 후 당당히 궁에 입성했다. 비법은 당시 유럽에 최음제로 알려진 카카오로 만든 초콜릿 음료와 송로버섯, 바닐라를 이용한 요리였다. 그녀는 이 최음제를 활용해 1745년 궁에 들어가 1764년 생을 마감할 때까지 루이 15세의 애인이자 친구 역할을 충실히 해냈다.

퐁파두르 부인이 준비한 최음제 중 초콜릿 음료는 그녀 자신을 위한 것이었고, 송로버섯(트뤼플)과 바닐라는 루이 15세를 위한 것이었다. 많은 여성이 파티에서 아름다움을 과시하듯, 그녀 역시 파티나 연회에 자주 참석해 아름다움을 뽐냈다. 그녀는 파티를 열 때마다 루이 15세를 위해 송로버섯과 바닐라를 요리에 넣었다. 바닐라는 지금도 사프란 다음으로 값비싼 향신료이니, 당시 얼마나 값비싼 식자재였는지 설명하지 않아도 알 것이다. 직접 음식을 만들 정도로 미식가인 루이 15세에게 그녀는 최고 음식을 대접해 사랑을 받은 것이다.

아즈텍족이 초콜릿 음료를 만들 때 넣던 바닐라는 카카오와 마찬가지로 스페인 사람들을 통해 유럽으로 건너갔다. 유럽에 소개된 바닐라는 특유의 진한 향기 때문에 성적 욕구를 높이는 신비로운 음식이자 약으로 쓰였다. 유럽인의 이러한 시각은 바닐라의 이름에서도 엿볼 수 있다. 스페인 사람들은 싸개, 겉껍질이라는 의미의 바닐라(vanilla)라는 이름으로 불렀으나, 그 어원은 사실 여성의 질을 의미하는 라틴어의 버자이너(vagina)에서 파생한 것이다.

바닐라는 이렇게 이름부터 성적 은유를 지닐 정도로 유럽인에게 신비로운 흥분제로 인식되었다. 이전까지 접하지 못한 부드럽고 달콤한 향은 그들에게 신선한 자극이었고, 여기에 상상력까지 더해져 널리 퍼져나간 것이다. 퐁파두르 부인은 바닐라의 이러한 점을 잘 활용한 것으로 보인다.

현재 바닐라에서 추출한 에센셜 오일은 음식을 비롯해 향수혹은 일상생활에서 사용하는 방향제에 이르기까지 폭넓게 쓰이고 있다. 대중적인 이 향은 사람을 편안하게 하고, 긴장을 풀어주며, 안정감을 주는 효과가 뛰어나다. 사실 에센셜 오일은 고대부터 그 향 때문에 신의 세계와 현실 세계를 이어주는 용도로 쓰였으며, 이를 의술에 이용하거나 화장수나 방향 제품을 만들어 쓰기도 했다.

아로마 향이 몸과 정신 건강에 이로운 역할을 한다는 것을 알게 되면서 이집트에서는 향료를 다루는 학문이 생겨나기도 했다. 실제로 이집트의 벽화에는 신에게 향유를 바치는 그림이 있으며, 미라를 만드는 데 에센셜 오일을 방부제로 쓰기도 했다. 성서에도 물약과 유향이라는 이름이 등장하는 것으로 미루어볼 때 에센셜 오일의 역사는 매우 오래되었다고 할 수 있다. 하지만 이런 에센셜 오일이나 향기 요법은 중세 시대를 거치면서 미용이나 사치품으로 인식되어 사라졌다가 르네상스 이후 다시 등장했다. 바닐라 역시 이때 유럽에 재등장하게 되었다.

앞서 말했듯이 퐁파두르 부인은 송로버섯과 바닐라를 요리에 즐겨 사용했는데, 그 향기를 통해 요즘 유행하는 아로마 테라피 요법과 비슷한 효과를 낼 수 있었다. 송로버섯과 바닐라를 넣은 요리의 향은 유혹적인 데다 의도하든 의도하지 않든 아로마 테라피 효과가 있었던 것이다.

아로마 테라피에 흔히 사용하는 것은 향을 낼 수 있는 꽃, 잎, 열매, 뿌리 등에서 추출한 100퍼센트 천연 오일이다. 천연 오일 중에는 최음제 성분이 들어 있는 것도 있는데 바닐라, 일랑일랑, 장미, 로즈메리, 백단향 등이 여기에 속한다. 그렇다고 모든 향이 성생활을 하는 데 좋은 것은 아니다. 마조람, 캄포 향 같은 경우 오히려 성욕을 감퇴시키므로 향을 선택할 때 신중할 필요가 있다.

호흡기와 피부를 통해 흡수된 향은 성적 흥분을 더욱 활발하게 해주지만, 사실 스트레스를 해소하는 데도 탁월한 효과가 있다. 퐁파두르 부인은 욕조에 뜨거운 물을 채운 뒤 장미 꽃잎을 가득 띄워 목욕하는 향기 요법을 즐겼다고 한다. 이러한 목욕 방법은 스트레스 해소 이외에 실제로 피부 관리에도 도움이 되는데, 장미는 피부 염증을 완화하고 노화를 막아준다. 특히 비타민 C 함유량이 높고 리놀산과 리놀렌산이 풍부하게 들어 있어 피부의 색소를 흐리게 해준다. 피부 타입에 상관없이 사용이 가능하기 때문에 별다른 어려움 없이 입욕할 때 쓸 수 있다. 장미를 차로 마실 경우 어혈을 풀어주어 생리통에도 효과적이다.

퐁파두르 부인은 불감증이라는 약점마저 극복할 만큼 자신의 매력을 발산할 줄 알았으며, 향기를 적절하게 이용할 줄 아는 지혜로운 여인이었다.

〈내 이름은 김삼순〉이라는 드라마에 등장해 한동안 유명세를 탄 '마르키즈 글라세'라는 아이스크림 이름도 퐁파두르 부인의 작위인 후작 부인(Marquise)에서 따온 것이다. 화려한 디자인의 디저트 마르키즈 글라세는 루이 15세의 총애를 받으며 그의 곁을 꾸준히 지키고 문화·예술의 발전과 로코코 스타일을 완성하는 데 결정적 역할을 한 그녀를 표현하기에 가장 적합한 디저트라 할 수 있다.

▶ 아로마 테라피의 작용

신경 안정 효과 긴장 완화, 스트레스 예방

피부 미용 효과 피부 재생 효과

성생활에 활력 제공 불감증, 성기능 장애 치료

가정상비약 경미한 증상의 치료

조미, 향미료 요리에 개성과 맛 부여

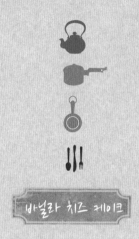

바닐라 치즈 케이크

재료 우유 600ml, 레몬즙 3~4큰술, 달걀노른자 1개 분량, 플레인 요구르트 80g, 밀가루(박력분) 3큰술, 바닐라 빈 2개, 달걀흰자 2개 분량, 설탕 30g

1. 우유 500ml를 냄비에 붓고 반 가른 바닐라 빈을 넣어 끓인다.

2. 1에 레몬즙을 넣고 우유가 뭉치면 식힌 뒤 면 보자기를 깐 체에 물기를 뺀다.

3. 2를 거품기로 풀고 달걀노른자를 넣어가며 섞는다.

4. 3에 플레인 요구르트를 넣고 저은 뒤 우유 100ml와 밀가루를 넣어 섞는다.

5. 볼에 달걀흰자와 설탕을 넣은 뒤 거품기로 70~80퍼센트 정도 거품을 낸다.

6. 5의 머랭(달걀흰자에 설탕을 넣어 거품 낸 것)을 4의 반죽에 넣고 꺼지지 않도록 섞는다.

7. 반죽을 틀에 담아 친 뒤 200℃에서 15분간 굽는다.

TIP

바닐라 빈이 없을 때는 바닐라 에센스로 대체해도 좋다.

05

격정적
아름다움의
비밀

마리 앙투아네트의 샴페인

마리 앙투아네트는 프랑스로 시집온 오스트리아 공주로, 아름답고 귀여운 모습 때문에 작은 요정이라는 별명이 붙을 만큼 사랑스러웠다고 한다. 천진하고 발랄하며 심성이 여렸으며, 화려한 파티와 무도회를 즐기고 옷과 장신구에 많은 관심과 비용을 쏟아 부었다. 하지만 프랑스 혁명이 발발하자 사치와 향락으로 국고를 낭비하고 반혁명을 시도했다는 이유로 국민의 원성 아래 단두대에서 생을 마감하는 비운의 왕비로 남게 됐다. 마리 앙투아네트의 삶은 이렇게 화려하고 처절하리만큼 아름다웠으며 격정적이었다. 샴페인은 이런 마리 앙투아네트 삶

의 매 순간을 기록한 음료이자 술이다.

샴페인은 유럽 왕실에서 즐겨 마시기 시작하면서 고급스러움과 우아함의 상징이 되었다. 값비싼 술이지만 왕족과 귀족들은 그 아름다운 술의 마력에 매혹되어 빠져나올 수 없었던 모양이다.

샴페인을 즐겨 마신 마리 앙투아네트는 왕실에서 열리는 모든 파티와 무도회에 샴페인을 항상 준비하게 했다. 그녀의 샴페인 사랑은 결국 샴페인을 왕실 연회의 공식 음료로 지정하기에 이른다. 그녀는 샴페인을 항상 곁에 두고 잠들기 전 샴페인 한 잔으로 하루를 마무리했으며, 심지어 단두대에 가기 전 마지막으로 먹고 싶은 음식을 물은 간수에게 "샴페인 한 잔과 파데 드 푸아그라를 먹고 싶다"는 말을 남길 정도로 샴페인에 대한 각별한 애정을 보였다. 마리 앙투아네트는 샴페인의 어떤 매력에 그토록 열광했던 것일까?

술과 여자 그리고 음악과 춤은 과거부터 현재까지 파티에서 빠질 수 없는 요소다. 특히 축배를 들 일이 있을 때 항상 등장하는 술이 바로 샴페인이다. 샴페인은 축하주로서 의미를 지니고 있다. 축하할 일이 있을 때면 일행 중 누군가 한 명은 꼭 준비해 함께 샴페인을 터트리지 않는가. 마개를 오픈할 때 나는 경쾌한 소리와 따라놓으면 보글보글 올라오는 부드러운 거품과 모양, 마음을 편안하게 해주는 은은한 색, 코끝에 맴도는 상쾌한 향기……. 이렇게 샴페인은 맛과 함께 소리, 색, 모양 그리고 향기로 마시는 술이다. 사실 샴페인에 들어 있는 탄산가스 때문에 혈액 속 알코올이 빨리 퍼져 같은 양의 술을 마실 때보다 기분이 더 좋아지고 취기도 더 빨리 오른다. 이런 이유로 파티와 연회에서 마시는 음료로 적당한 것이다.

샴페인을 마실 때 가장 중요한 것은 글라스다. 글라스 볼의 형태나 크리스털의 두께 등에 따라 맛에 많은 영향을 끼치기 때문이다. 종종 샴페인을 마실 때 사용하는 샴페인 글라스와 화이트 와인글라스를 혼동하는데, 이 둘은 볼의 형태가 다르다. 플루트(flute)라 불리는 샴페인 글라스는 길고 좁은 볼 형태인데, 보글보글 올라오는 샴페인의 기포를 감상하기 좋게 하고 기포가 오래 남을 수 있도록 하기 위해서다. 또 글라스 표면에 손바닥이 닿아 샴페인의 온도가 올라가는 것을 막기 위한 디자인이기도 하다.

과거 샴페인 글라스는 지금과 달리 쿠페(coupe)라 불렸으며, 지금의 잔과는 볼의 형태가 전혀 달랐다. 작은 공기를 엎어놓은 것처럼 생긴 볼의 모습은 마리 앙투아네트의 가슴 모양을 본떠 만든 것이다. 물론 이전에도 샴페인 글라스는 있었으나 마리 앙투아네트가 자신의 가슴을 금형으로 떠서 만들게 한 것이 유명해져 쿠페 글라스는 마리 앙투아네트의 가슴 모양으로 인식되고 있다.

와인이나 샴페인을 따라 마시는 글라스는 각 음료의 특징과 아름다움을 최고로 표현하기 위한 목적이 강하다. 미각을 포함한 후각, 시각, 촉각, 청각에 이르는 오감을 모두 만족시켜 그 음료가 지닌 독특한 맛과 아로마 그리고 색과 기포의 아름다움, 잔을 손으로 만졌을 때 느낌과 잔과 잔이 마주칠 때 나는 소리에 이르는 모든 것을 극대화하는 역할을 하는 것이 바로 글라스다. 그러나 이런 관점에서 쿠페는 샴페인 글라스로 적합하지 않았다. 기포가 올라오는 모습을 감상하기에 그 깊이가 너무 얕고 기포가 빨리 사라지기 때문이다. 또 샴페인의 온도가 쉽게 올라가므로 그 맛을 최상으로 유지할 수도 없었다. 따라서 최근에 쿠페는 결혼식의 샴페인 샤워에서나 볼 수 있는 이벤트 글라스로 남게 되었다.

마리 앙투아네트의 가슴을 본떠 만든 글라스에 샴페인을 따라 마시는 것은 그 사실만으로도 매우 자극적이다. 따라서 당시 귀족 사회에서 샴페인을 마시는 것은 관능적 행위의 하나로 인식되기도 했다. 당시 가슴 모양을 본떠 디자인한 잔에 따라 마시는 달콤하고 향기로운 이 술은 연인의 기분을 달아오르게 하는 좋은 도구였다. 술에 취해도 여인을 계속 아름답고 매력적인 모습으로 보이게 해주는 술이 바로 샴페인이라고 생각했으며, 그로 인해 많은 여성이 남성과 함께하는 술자리에서 샴페인을 즐겨 마셨다.

클레오파트라도 샴페인과 비슷한 음료를 즐겨 마셨다. 클레오파트라가 마신 샴페인은 지금의 형태와는 달랐는데, 그녀는 화이트 와인에 진주를 넣어 진주에서 올라오는 기포를 즐겼다. 그리고 보면 그녀는 세계 최초로 샴페인과 비슷한 음료를 즐긴 여인이 아닐까 싶다.

　퐁파두르 부인 역시 샴페인을 자주 마셨는데, 그녀는 루이 15세와 함께 파티를 즐기면서 샴페인을 마셨다. 특히 그녀는 루이 15세가 샴페인 따는 순간을 좋아했는데, 샴페인을 딸 때 흘러 나오는 거품을 보며 오르가슴을 느꼈다고 한다.

　많은 남성에게 사랑받은 영원한 섹시 심벌 메릴린 먼로 역시 샴페인을 즐겨 마셨는데, 그녀는 샴페인 한 잔으로 아침을 시작했다. 마리 앙투아네트의 밤을 장식한 샴페인이 메릴린 먼로에게는 아침을 여는 음료가 된 것이다. 메릴린 먼로는 아름다움을 유지하는 비결이 샴페인이라고 밝혔으며, 샴페인 350병을 욕조 안에 부어 목욕할 정도로 샴페인 마니아였다.

　클레오파트라, 마리 앙투아네트 그리고 메릴린 먼로, 오프라 윈프리 등 많은 여성이 샴페인을 즐기고 사랑했다. 그러다 보니 샴페인은 여성들의 에너지와 열정을 그대로 지닌 섹시한 술로 자리 잡게 되었다. 이런 샴페인의 매력과 마력을 이해한다면, 파티를 비롯한 사교 모임에서 샴페인 한 잔과 함께 자연스럽고 편안한 대화를 이끌어가며 자신의 매력을 한껏 발산할 수 있지 않을까.

▶ 샴페인 등급

논빈티지 샴페인 (Nonvintage champagne)

분류 : 가장 낮은 등급

포도 : 80~90점의 포도 사용. 여러 해의 포도를 섞는다

숙성 기간 : 15개월

빈티지 샴페인 (vintage champagne)

분류 : 고급 등급

포도 : 90점 이상의 포도 사용. 단일 연도에 수확한 포도 사용

숙성 기간 : 3년

프레스티지 쿠베 (prestige cuvee)

분류 : 최상 등급

포도 : 100점의 포도 사용. 품질이 가장 좋은 해의 포도 사용

숙성 기간 : 4~7년

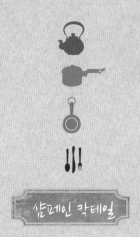

샴페인 칵테일

▶ 베리 샴페인

재료 : 샴페인 150㎖, 각설탕 1개, 산딸기 10개, 라임즙 1큰술

1. 산딸기는 잘 씻어서 준비한다.

2. 샴페인 글라스에 각설탕, 산딸기를 담은 뒤 라임즙을 뿌린다.

3. 2에 차가운 샴페인을 붓는다.

▶ 블랙 벨벳

재료 : 샴페인 70㎖, 흑맥주 70㎖

1. 샴페인과 흑맥주를 섞는다.

▶ 미모사

재료 : 샴페인 70㎖, 오렌지 주스 70㎖

1. 샴페인과 오렌지 주스를 섞는다.

06

왕의 마음을 얻은
음식의
비밀

장희빈의 블랙 푸드

우리 역사에서 악녀이자 요부로 묘사되는 장희빈은 매우 아름다운 여인이었다고 한다. 하지만 장희빈의 초상이 남아 있지 않아 그녀의 아름다움을 확인할 방법은 없다. 다만 숙종을 사로잡을 만큼 매력적이고 아름다웠다는 기록과 숙종의 사랑을 한 몸에 받은 것으로 그녀의 아름다움을 짐작할 뿐이다. 과연 그녀에게 어떤 매력이 있기에 한 나라의 왕을 사로잡을 수 있었던 것일까? 그녀가 즐겨 먹은 음식을 통해 그 해답을 찾을 수 있다.

장희빈이 숙종을 위해 준비한 음식은 우리가 흔히 블랙 푸드라고 말하는 검은색이 주를 이루었다. 장희빈이 블랙 푸드의 효과를 알고 있었는지는 밝혀진 바 없지만, 그녀가 숙종과 함께 블랙 푸드를 즐겨 먹은 덕분에 노화를 방지한 것은 물론 숙종의 정력을 증강시킬 수 있었던 것만은 분명하다.

검은색 식자재에 많이 들어 있는 안토시아닌 성분은 항산화 효과, 항암 효과, 노화 방지 효과가 있다. 특히 강력한 항산화제로 알려져 있으며, 노화를 방지하고 피부 탄력을 높여준다. 대부분의 블랙 푸드에는 안토시아닌 외에도 셀레늄, 레시틴, 각종 비타민과 미네랄이 풍부하게 함유돼 있으며 심장 질환과 뇌졸중 같은 성인병 예방에 좋고, 피로를 풀어주며, 전립선 비대증 예방에도 효과가 있다.

검은쌀, 검은깨, 검은콩, 김, 미역, 다시마, 오징어 먹물, 해삼, 목이버섯, 흑우, 흑염소, 오골계 등이 블랙 푸드에 해당하는데, 장희빈은 이 중 한 가지만 먹은 것이 아니라 오골계에 블랙 푸드를 넣어 푹 고은 음식을 즐겨 먹었다고 한다.

사실 블랙 푸드는 음양오행 사상과 밀접한 관련이 있다. 음양오행은 모든 사물과 형상이 음과 양으로 이루어져 있으며, 서로

간에 조화를 통해 유지되고 있다는 동양의 사상을 말한다. 또 화 (火), 수(水), 목(木), 금(金), 토(土) 다섯 가지 물질에 의해 우주는 조화를 이루고, 만물이 구성된다고 보았다. 음식도 음양오행을 빼놓고 이야기할 수 없다.

심장은 붉은색에 해당하며, 오행에서는 화(火)에 속한다. 붉은색 음식에 들어 있는 라이코펜 성분이 고혈압, 동맥경화 예방에 좋기 때문에 심장을 건강하게 해주고, 켐페롤이나 캡사이신 성분은 항암 효과가 있다. 신장은 검은색에 해당하며, 오행에서는 수(水)에 속한다. 신장과 방광이 서로 연결돼 있다고 보는데, 검은색 식품은 회복기 환자에게 제공할 정도로 원기를 회복하는 데 효과가 뛰어나다. 간은 녹색에 해당하며, 오행에서는 목(木)에 속한다. 녹색 식품은 간의 기능을 원활하게 해주고, 클로로필 성분이 빈혈을 예방하는 데 도움이 된다. 또 콜레스테롤 수치를 낮춰 동맥경화 예방에도 좋다. 폐는 흰색에 해당하며, 오행에서는 금(金)에 속한다. 흰색 식품으로 음식을 만들어 먹으면 폐나 기관지에 도움이 된다. 특히 흰색 채소는 항알레르기, 항염증 기능이 뛰어나고, 흰색 식품에 들어 있는 케르세틴은 고혈압을 예방하며, 설포라페인 같은 성분은 항암 효과가 있다. 위는 노란색에 해당하며, 오행에서는 토(土)에 속한다. 노란색 식자재는 소화가 잘되도록 도와주며, 이를 이용해 죽이나 찜을 만들어 먹으면 위장 기능이 좋아진다. 노란색 식품에 있는 카로티노이드 성분은 면역력을 높이고, 노화 방지에도 효과적이다.

▶ 음양오행과 컬러 푸드

오장	오행	색	음식
심장	화(火)	빨간색	딸기, 감, 자몽, 대추, 구기자, 오미자 등
신장	수(水)	검은색	검은콩, 검은쌀, 검은깨, 목이버섯, 김, 오골계, 흑염소 등
간장	목(木)	초록색	시금치, 쑥갓, 케일, 무청 등
폐장	금(金)	흰색	마늘, 무, 연근, 고구마, 양배추, 양파 등
비장	토(土)	노란색	감귤, 오렌지, 망고, 당근, 파인애플, 감, 카레 등

　　장희빈이 숙종에게 제공한 블랙 푸드는 검은콩, 검은깨, 오골계, 검은쌀, 다시마 등이다.

　　검은콩은 특히 신장 기능에 큰 영향을 미친다. 검은콩의 안토시아닌과 사포닌 그리고 단백질은 신장의 작용을 좋게 하는 데 효과가 있다. 이뇨 작용을 원활하게 하므로 부기를 빼는 데도 좋고, 몸에 에너지를 공급하는 신장의 기능을 높여주므로 체질이 허약한 사람에게 특히 좋은 식품이다. 생식 기능과 성 기능에도 좋은 영향을 미친다. 장희빈에게 사랑받은 식품답게 여성호르몬인 이소플라본이 풍부하게 함유돼 있는데, 이소플라본은 유방암을 예방하는 것으로도 알려져 있다. 피부의 콜라겐 성분과 비슷한 성분이 많이 들어 있어 검은콩을 먹으면 피부에 탄력이 생기고, 피부 노화 방지에도 효과적이다. 혈액순환을 원활하게 해 해독 작용을 하며, 다이어트할 때 검은콩 달인 물을 마시면 부기가 빠지고 디톡스 효과도 볼 수 있다.

검은깨는 옛날에는 약으로 분류할 정도로 건강에 좋은 식품이다. 신라 시대 화랑이 수련을 할 때 먹은 일곱 가지 곡식 중 하나로 알려진 검은깨는 남성의 기를 북돋아 정력을 강화하는 효과가 있다. 신장을 보해주는 효과도 있는데, 신장의 기능이 떨어지면 쉽게 피곤함을 느끼고 기운이 떨어진다. 이는 정력 감퇴와 연결되므로 신장을 보해주는 검은깨는 정력에 좋은 식품이라고 할 수 있다. 검은깨에는 케라틴 성분이 들어 있어 모발을 건강하게 해주고, 탈모를 예방하며, 두피에 영양을 공급해준다. 검은깨

에 함유된 비타민 E는 피부의 노화를 막아주며, 레시틴 성분은 신진대사를 활발하게 하는 데 효과가 있어 두뇌 회전이 빨라지고 집중력과 학습력을 높여준다.

검은쌀은 비타민과 미네랄을 흰쌀보다 다섯 배 이상 함유해 여성에게 좋은 식품이며, 소화기관이 약한 사람의 영양 보충에 효과적이다.

블랙 푸드는 식물성 식품만 있는 것이 아니라, 오골계 같은 동물성 블랙 푸드도 있다. 오골계는 말 그대로 뼈까지 검은색을 띠는 닭이다. 지금은 구하기가 어렵지 않지만, 예전에는 일반 백성은 구경도 할 수 없는 귀한 식자재 중 하나였다. 궁에서나 보양식으로 즐긴 자양강장제가 바로 오골계였다. 오골계는 다른 블랙 푸드와 마찬가지로 신장의 기능을 좋게 해주는데, 신장 기능을 활성화해 성 기능을 강화해주는 효과가 있다. 여성 생식기 질환에도 좋고, 몸에 기운이 떨어지거나 허약해질 때 먹으면 기를 보충할 수 있어 산모나 회복기 환자에게 이로운 음식이다. 한여름에 삼계탕 만드는 방법으로 오골계를 조리해 먹으면 무더위도 거뜬히 날 수 있다.

해조류 중에도 블랙 푸드가 있는데, 다시마는 쉽게 구할 수 있는 블랙 푸드 중 하나다. 다시마에는 요오드 성분이 들어 있어 모발을 건강하게 가꿔주고 탈모를 예방한다. 식이섬유의 일종인 다시마의 알긴산염은 변비를 없애고, 대장암을 예방하는 데도 그만이다. 또 다른 블랙 푸드와 마찬가지로 신장과 방광의 기능을 좋게 해 몸속 노폐물을 배출하는 역할을 한다.

장희빈이 숙종과 즐겨 먹은 블랙 푸드는 신장과 방광의 기능을 좋게 함으로써 숙종의 기를 보하고 정력을 강화하는 음식이었다고 할 수 있다. 그러고 보면 장희빈이 숙종에게 사랑받은 비결 중 하나가 블랙 푸드의 효능 때문은 아니었을까.

여성에게는 아름다움을, 남성에게는 정력을 강화해주는 블랙 푸드는 여성과 남성 모두를 위한 최고의 건강식품이다.

오골계 삼계탕

재료 오골계 1마리, 대파 1뿌리, 생강 1쪽, 마늘 10쪽, 통후추 10알, 물 2.5L, 검은쌀 3큰술,

검은찹쌀 3큰술, 불린 목이버섯 1/4컵, 검은깨 4큰술, 맛술 1큰술, 소금 약간

1. 목이버섯은 손질한 뒤 물에 불린다.

2. 검은쌀, 검은찹쌀은 씻은 뒤 물에 불린다.

3. 오골계는 손질한 뒤 맛술을 뿌린다.

4. 오골계 배 속에 검은쌀과 검은찹쌀 목이버섯을 넣어 실로 묶는다.

5. 검은깨는 믹서에 간다.

6. 물에 준비한 오골계와 그외 검은깨와 대파, 생강, 마늘, 통후추를 넣어 1시간 정도 푹 끓인다.

7. 소금으로 간한다.

07

프랑스를
거느린
여인의 비밀

카트린 드메디시스의 아티초크

카트린 드메디시스는 프랑스와 이탈리아 요리를 논할 때 빠지지 않고 등장하는 여인이다. 이탈리아 피렌체의 메디치가에서 태어난 카트린 드메디시스는 프랑스의 앙리 2세와 결혼한 뒤 프랑수아 2세, 샤를 9세, 앙리 3세를 포함한 10명의 자녀를 낳았다. 이후 앙리 2세가 사망하고 아들 프랑수아 2세가 왕이 되자 그녀는 섭정을 시작했다. 그녀는 자식에 대한 사랑이 지극했으며, 아들의 왕권과 왕조를 위해 힘쓴 여걸이었다.

카트린 드메디시스는 이탈리아인답게 이탈리아 문화와 예술을 프랑스 궁정에 전파했으며, 이탈리아의 세련되고 풍부한 요

리는 물론 식사법까지 알리면서 기존 프랑스 요리에 큰 변화를 주었다. 지금은 프랑스 요리가 서양 음식을 대표하지만, 카트린 드메디시스 이전만 해도 프랑스보다 이탈리아의 요리가 한 수 위였다. 당시 프랑스 요리는 다듬어지지 않은 형태였으며, 조리 방법이나 맛도 거칠었고, 특별히 정해진 식사 예절도 없었다. 하지만 카트린 드메디시스 이후 많은 변화가 생겼고, 지금의 형태를 갖추었다.

서양 음식의 뿌리는 이탈리아에서 시작되었지만, 그 꽃을 피운 건 프랑스였다고 할 수 있다. 따라서 카트린 드메디시스가 앙리 2세와 결혼하면서 프랑스 요리의 르네상스가 본격적으로 시작된 것이다.

그녀는 이탈리아에서 강낭콩, 파르메산 치즈, 브로콜리, 멜론, 아티초크 같은 식자재를 프랑스로 들여왔다. 뿐만 아니라 실력이 뛰어난 요리사들을 프랑스로 데려오기도 했다. 함께 건너온 요리사들은 이탈리아에서 그녀가 즐겨 먹던 요리를 프랑스에 소개했는데 그중에는 셔벗, 아이스크림, 과자 같은 디저트 종류도 포함돼 있었다. 그녀는 요리와 함께 프랑스에 중요한 식사 도구를 전파했는데, 바로 포크다. 하지만 포크가 실제로 식사에 사용되기까지는 오랜 시간이 걸렸다. 그녀의 남편과 시아버지가 포크 사용을 거절했기 때문이다. 그 이유는 손잡이가 긴 도구를 사용하기 싫어했다는 설과 기독교 중심 사회였던 당시 유럽에서 악마의 삼지창을 연상시키는 포크의 형태를 불길하게 여겼다는 설이 있으며, 이 밖에도 다양한 이야기가 전해진다.

프랑스에서 별로 환영받지 못한 포크는 처음에는 두 갈래의 날이 있는 큰 형태로 고기를 자를 때 고정하기 위한 도구로만 쓰였다. 하지만 카트린 드메디시스의 아들인 장남 프랑수아 2세, 차남 샤를 9세에 이어 삼남인 앙리 3세가 왕위에 오른 뒤 공식적으로 포크를 사용하기 시작했다. 포크뿐 아니라 식기에도 많은 변화가 있었는데, 프랑스에서 기존에 사용하던 장식이 많고 무거운 식기는 사라지고 베네치아에서 유행하는 잔과 도기, 자수가 놓인 테이블클로스와 은으로 만든 식기가 인기를 끌었다. 즉, 카트린 드메디시스가 프랑스에 전달한 이탈리아 식사 예절과 테이블 요소는 앙리 3세 때가 돼서야 활발하게 사용된 것이다.

이처럼 르네상스 시대에 이르러 프랑스의 식문화는 많은 변화와 발전을 하게 되었다. 사실 카트린 드메디시스가 없었다면 프랑스의 식문화는 지금처럼 발달하지 못했을지도 모른다. 이러한 변화 이후 파리에는 요리 학교가 생겨났고, 많은 요리사가 배출되었다.

카트린 드메디시스가 즐겨 먹은 식품은 아티초크다. 아티초크는 꽃의 일종으로 서양에서 많이 먹는 식용 꽃인 브로콜리, 콜리플라워와 마찬가지로 꽃이 미처 다 피기 전에 수확해서 먹는 것이다. 단, 일반적으로 생각하는 식용 꽃과는 용도나 조리 방법이 조금 다르다. 음식을 먹을 때 꽃을 곁들여 먹는 이유는 음식에 향기를 더하고 시각적 아름다움을 주기 위해서인데, 아티초크는 둘 중 어디에도 해당하지 않는다. 우리가 식용 꽃으로 먹고 있는 꽃과 달리 아티초크는 채소처럼 먹는 식품으로 그 맛과 영양에 더 많은 의미가 있는 식자재다.

식용 꽃 사용 방법은 지역에 따라 약간 차이가 있는데 중동이나 터키 같은 나라에서는 장미수나 오렌지 꽃물을 사용해 음식에 향을 더하기도 하며, 간식으로 먹기도 한다. 그렇지만 아티초크는 다른 채소와 함께 조리하면 그 맛의 균형이 잘 맞기 때문에 찌거나 구워 다른 식자재와 함께 먹는다.

아티초크는 익히지 않고 먹기도 하지만, 중세 유럽에서는 따뜻하게 조리하지 않은 채소는 즐겨 먹지 않았기에 대부분 익혀서 먹는 요리 방법을 택했다. 아티초크를 먹은 다음 다른 음식을 먹으면 음식에서 단맛이 난다. 이와 같이 음식의 본질적인 맛을 왜곡하는 이런 특성 때문에 섬세한 맛을 음미해야 하는 와인 같은 음식과는 궁합이 맞지 않는다.

아티초크의 원산지는 지중해 지역이다. 그리스·로마 시대부터 식용으로 사용해온 아티초크는 지중해 지역에서는 쉽게 볼 수 있는 식자재지만, 프랑스나 이탈리아에서는 고급 식자재였다. 특히 당시 프랑스에서 아티초크는 귀한 식자재였기에 백성의 식탁에는 자주 오르지 못했다. 나중에 이탈리아에서 허브의 한 종류로 재배하기 시작하면서 프랑스로 건너간 것이다.

봉오리를 만졌을 때 속이 꽉 차고 묵직한 아티초크를 최상품으로 치며, 표면에 흠집이 없고 색이 선명한 것일수록 신선하고 좋은 것이다.

그리스·로마 시대에는 아티초크가 최음제로 알려져 일반인

이 더욱 접하기 어려운 귀한 식자재였다. 이런 생각은 17세기까지 이어져 아티초크는 최음제 성분이 있는 식자재로 인식되었다.

지금은 최음제라는 인식보다는 정력 강화에 좋다고 알려져 있다. 아티초크에 들어 있는 플라보노이드 성분이 간을 보호하는 효과가 있기 때문이다. 정력 강화란 결국 간 기능 강화와 연결이 된다. 간은 몸속 독소를 배출하는 역할을 하므로 간이 튼튼해지면 피로를 덜 느끼게 된다.

또 아티초크가 콜레스테롤을 낮추고 당뇨병 치료에도 효과가 있다고 알려지면서 성인병에 좋은 식품으로 쓰이고 있다. 뿐만 아니라 비타민과 식이섬유가 풍부하게 들어 있으며, 이뇨 작용에도 도움을 준다. 따라서 식자재임에도 아티초크는 약용으로 많이 쓰인다. 이러한 효능 때문에 찾는 사람이 늘고 있으나, 우리나라에서는 수입에 의존하고 있어 아직은 쉽게 구할 수 있는 식자재는 아니다. 그런 만큼 조리 방법도 알려져 있지 않아 우리에게는 익숙지 않은 식품 중 하나다.

카트린 드메디시스가 아티초크를 좋아한다고 알려지면서 그녀의 권력에 기대고 싶어 하던 사람들이 그녀에게 많은 아티초크를 바치기도 했다. 당시 아티초크는 최음제로 인식되었기에 카트린 드메디시스에게 아티초크를 바친 사람들은 최음제 역할을 기대하며 바친 것이라고도 할 수 있다.

그러고 보면 이렇듯 최음제로 알려진 식품은 실제로 별로 효과가 없는데도 오랜 믿음 때문에 아직도 그런 식품으로 인식하고 있는 것이 많다. 물론 위약 효과(플라세보 효과고도 한다. 약효가 전혀 없는 가짜 약을 진짜 약으로 가장, 환자에게 복용하게 했을 때 환자의 병세가 호전되는 것을 말한다)처럼 효능이 있을 거라는 믿음을 가지고 음식을 먹으면 심리적 효과가 생길 수도 있다. 성 기능에 도움이 되는 식품을 먹었다는 생각에 자신감이 생기기도 하고, 그래서 실제 성생활에 영향을 끼치기도 한다. 따라서 아티초크의 자양강장 효과에 그 시절의 믿음이 더해져 카트린 드메디시스는 아티초크의 최음제 효과를 경험했을지도 모르겠다.

아티초크 파스타

재료 스파게티 면 60g, 올리브 오일 2큰술, 블랙 올리브 3개, 매리네이드 아티초크 5개,
다진 마늘 1/2큰술, 페스토 소스 5큰술, 루콜라 15g, 파르메산 치즈 가루 1큰술,
소금 · 후춧가루 약간씩

1. 끓는 물에 소금과 올리브 오일을 넣은 뒤 스파게티 면을 삶는다.
2. 삶은 스파게티 면은 체에 밭쳐 물기를 뺀다.
3. 블랙 올리브는 편으로 썰고 매리네이드 아티초크는 4등분한다.
4. 달군 팬에 올리브 오일을 두르고 다진 마늘을 볶아 향을 낸 뒤 손질한 블랙 올리브, 아티초크,
페스토 소스를 넣어 볶는다.
5. 4에 면을 넣고 볶은 뒤 소금, 후춧가루로 간한다.
6. 5에 루콜라를 넣고 재빨리 볶는다.
7. 완성한 파스타에 파르메산 치즈 가루를 뿌린다.

▶ 아티초크 손질법

1. 준비한 아티초크를 가로로 2등분한다.
2. 남은 아티초크를 중심만 남기고 돌아가면서 썬다.
3. 꽃받침만 남기고 나머지 부분을 제거한다.
4. 중심부의 작은 통꽃을 파내고 숟가락으로 긁어 깨끗이 정리한다.

TIP

손질한 아티초크는 색이 빨리 변하기 때문에 레몬즙을 넣은 물에 담그거나 바로 조리한다.

▶ 아티초크 매리네이드

재료 아티초크 12개, 마늘 4쪽, 오레가노 1큰술, 로즈메리 1큰술, 바질 2큰술, 블랙 올리브 10개, 올리브 오일 4컵, 레몬 1큰술

1. 끓는 물에 레몬, 올리브 오일, 아티초크를 넣어 15분간 삶는다.

2. 삶은 아티초크를 채반에 밭쳐 물기를 뺀다.

3. 마늘은 편으로 썰고 오레가노, 로즈메리, 바질, 블랙 올리브, 올리브 오일에 2의 아티초크를 잠기도록 넣는다.

▶ 페스토 소스 만들기

재료 마늘 1쪽, 잣 5g, 생바질 10g, 파르메산 치즈 가루 10g, 올리브 오일 2큰술, 소금 약간

1. 잣은 기름을 두르지 않은 팬에 색이 날 때까지 볶는다.

2. 바질은 잎만 깨끗이 씻어 물기를 뺀다.

3. 절구에 마늘, 잣, 바질을 빻으면서 파르메산 치즈 가루를 넣고 올리브 오일을 조금씩 부어가며 소금으로 간한다.

08

권력을 지닌
아름다움의
비밀

측천무후의 무후주

측천무후는 우리에게도 책과 영화를 통해 잘 알려진 인물이다. 지금까지 알려진 그녀에 대한 평가는 세기의 악녀라는 것이 대부분이었다. 이 같은 이유로 우리는 그녀를 여태후, 서태후와 함께 중국의 3대 악녀로 알고 있다. 물론 일화만으로 그녀를 평가한다면 악녀가 맞을 수도 있다. 그런데 최근 들어 그녀를 시대의 여걸 또는 리더십 강한 리더로 재조명하고 있다.

중국의 오랜 역사에서 황제 자리에 오른 여성은 단 한 명, 바로 측천무후다. 15년간 황제의 자리를 지킬 만큼 열정적이고 야망이 컸던 측천무후는 그 시대 여성에게서는 찾아보기 힘든 진취성을 지닌 인물이었다. 신라와 이집트 그리고 영국에서 여성이 군주 자리에 올랐으나, 세계적으로 여성이 최고 권력자의 위치에 오른 예를 찾기는 쉽지 않다. 여자의 몸으로 황제 자리에 오른 그녀들은 많은 남성의 견제를 받아야 했다. 그래서 측천무후는 자신의 자리를 지키기 위해 더 강한 공포 정치로 나라를 통치할 수밖에 없었다. 측천무후가 비록 공포 정치를 펼쳤지만, 당시 백성은 오히려 그녀의 통치 아래 안정된 생활을 누렸다고 한다.

영웅 대부분이 호색한인 것과 마찬가지로 측천무후도 많은 남성을 곁에 둔 것으로 전해진다. 특히 그녀는 황제 자리에 오른 뒤 아름다운 남자 아이들을 거느리고 지냈으며 자신의 후궁으로 삼기도 했다. 이러한 그녀의 모습은 남자 황제들이 여자 후궁을 거느린 것과 같은 맥락으로 볼 수 있다. 최고 권력을 가진 사람의 특권이랄까. 어쨌든 많은 후궁을 거느렸다는 것은 그녀의 정력이 넘쳤다는 것을 보여주는 단적인 증거라 할 수 있다.

그녀는 후궁과의 관계에서도 매우 정력적인 모습을 보였을 뿐 아니라 일생 동안 정치에 대한 열정이 넘쳤으며, 자신이 원하는 것을 얻기 위해 책략을 펼칠 줄도 아는 여성이었다. 이렇게 뛰어난 정력과 더불어 권모술수는 당시의 숱한 남성을 넘어서는 여성 정치가로서 그녀를 우뚝 서게 했다.

그녀가 즐겨 먹은 음식은 독특하게 메추리로 알려져 있다. 그녀는 메추리를 고아 먹기도 하고, 메추리를 이용한 술을 만들어 마시기도 했다. 이 술은 그녀가 남성과 잠자리에 들기 전이나 잠자리를 할 때 즐겨 마신 것으로 술 이름도 그녀의 이름을 본떠 '무후주'라 불린다.

'무후주'는 동물을 재료로 해 술을 만든다는 것 자체가 특별하며, 만드는 방법도 독특하다. 동물주는 동물을 넣어 만든다는 점에서 맛과 향에 거부감이 생길 수 있으나, 사실 술에서는 동물의 맛과 향은 거의 느껴지지 않는다. 대신 원래 술과는 전혀 다른 맛과 향이 나는데, 그 맛이 일품이다. 물론 동물을 넣어 술을 담그면 술을 만들고 발효시키는 과정에서 부피를 많이 차지하게 되고, 만드는 과정이나 그 모양에 거부감을 느낄 수 있다. 이러한 이유로 지금은 동물주를 즐겨 담그지 않는다. 대신 동물주는 평소 음용하는 술이라기보다는 약으로 먹는 약술의 하나로 인식되고 있다. 우리가 흔히 알고 있는 웅담주도 여기에 해당한다. 그

외에 자라나 지네 혹은 뱀을 이용한 술이 동물주에 속한다.

무후주에는 메추리 외에 하수오, 녹용, 인삼이 들어가는데 메추리와 이 다양한 약재를 한 곳에 넣고 술을 부은 뒤 달인다. 이렇게 달인 술을 식힌 다음 꿀을 넣고 봉인한 뒤 숙성시켜 마시면 된다. 여기에 들어가는 약재는 효능이 뛰어난 것들이다.

먼저 메추리의 효능에 대해 알아보자. 메추리는 병아리만 한 작은 새로 꿩과에 속하는데, 흔히 먹는 식품은 아니지만 예부터 식자재로 꾸준히 사용해왔다. 메추리에는 단백질과 비타민이 풍부하게 들어 있으며, 기름기가 적어 콜레스테롤 수치도 낮다. 단백질과 비타민은 몸의 기운을 북돋고 기력을 강하게 하며 정력 강화에도 도움이 된다. 메추리 고기뿐 아니라 알에도 비타민과 단백질이 많이 들어 있다.

하수오는 약효가 강해 처방 없이 사용하는 것은 좋지 않다. 하수오의 한자인 어찌 하(何), 머리 수(首), 까마귀 오(烏)를 풀어 보면 '어찌 머리가 그렇게 까마귀같이 검은가'라는 의미다. 이름 그대로 하수오를 먹으면 머리카락이 검어진다고 한다. 이러한 하수오는 뼈에도 좋고, 특히 노화를 막아주며, 정력 강화에 효과가 좋다고 알려져 남성들이 즐겨 먹는다. 또 장운동을 촉진해 배변을 원활하게 하므로 몸속 독소를 배출해준다. 신장 기능을 강화시키고, 인체 기능을 활성화하는 효능도 있다. 따라서 굳이 무후주가 아니더라도 하수오를 이용해 술이나 차를 만들어 마시기도 한다. 중국 당나라 시대에는 불로장수의 명약으로 손꼽혔을 만큼 그 효과가 뛰어나다.

녹용은 약으로서 효능이 뛰어나 약재로 널리 쓰이는 식품이다. 사슴의 뿔인 녹용은 예부터 양기를 보하고 정력을 좋게 해준다 해서 귀히 여겨왔다. 정자를 생성하는 데도 효과가 있으며, 남성은 물론 여성의 생식기에도 좋다. 또 성욕이 떨어진 사람들이 먹으면 원기를 북돋고 정력을 강화해주는 효과도 있다. 간 기능을 보해주므로 간 질환은 물론 피로 해소와 기운을 보해주는 효과가 있다. 이뿐 아니라 성장을 촉진하고, 뼈를 단단하고 강하게 해주어 성장기 아이들의 보약에 빠지지 않고 들어가는 약재다. 현대인에게 가장 문제가 되고 있는 스트레스를 줄이는 기능도 있어 매우 유용한 식품이다.

무후주에 들어가는 인삼은 뿌리를 이용한 약재다. 인삼에 들어 있는 페놀 성분이 노화를 방지하며, 몸이 피곤하고 지칠 때 피로를 풀어주는 효과도 있다. 따라서 기운이 떨어지거나 피로가 쌓일 때 인삼을 먹으면 원기를 회복할 수 있다. 숙취 제거에도 탁월한 효과가 있는데, 이는 인삼에 들어 있는 사포닌 성분이 숙취를 제거하는 각종 효소를 활성화해 체내에서 알코올이 빨리 분해되도록 도와주기 때문이다. 또 인삼은 녹용과 마찬가지로 스트레스를 줄여준다. 특히 인삼과 하수오를 같이 끓여 마시면 식욕을 돋우고 건망증도 없애준다. 뿐만 아니라 오랜 기간 꾸준히 먹으면 노화를 방지하고, 머리카락이 검어지며, 혈색도 좋아진다.

무후주는 이렇게 메추리에 좋은 약재를 함께 넣고 만든 술이므로 단순한 술이라기보다 몸을 건강하게 보호해주는 약이라고 보면 된다. 특히 하수오, 녹용, 인삼, 메추리 등 모두 정력 강화와 기력 회복에 효과가 있는 재료로 만들어 측천무후의 잠자리 비법 메뉴로 손색이 없었을 것이다. 측천무후는 이렇게 무후주를 즐겨 마시며 수많은 남자를 거느리고 잠자리를 가진 것은 물론, 나라를 다스리는 데 남자 못지않은 정열을 쏟아부을 수 있었다.

최근에는 동물 보호 단체의 반대와 만드는 방법, 재료에 대한 거부감 때문에 동물주를 담그는 이가 드물다. 하지만 우리나라의 고문헌에도 동물주를 만들어 먹은 흔적이 남아 있고, 그 효능에 대해 기술한 자료를 찾아볼 수 있다. 검증되지 않은 정력 강화 식품을 찾아 먹기보다는 자신에게 맞는 약재로 동물주를 만들어 마시는 것도 힘과 에너지를 보충하는 방법이 될 것이다.

무후주(武后酒)

재료 메추리 1마리, 하수오 500g, 녹용 10g, 인삼 100g, 소주 2L(35도 이상), 꿀 200ml

1. 메추리는 깃털과 머리, 내장을 제거해 손질한다.

2. 손질한 메추리와 하수오, 녹용, 인삼을 베 보자기에 넣고 소주와 함께 달인다.

3. 소주가 70퍼센트까지 졸면 식힌 후 꿀을 넣는다.

4. 3을 밀봉하여 3개월 이상 숙성시킨다.

5. 4를 걸러낸다.

TIP

계피10g, 감초10g을 넣어도 좋은데, 계피는 향을 좋게 해주고, 감초는 맛과 독성을 중화시킨다.

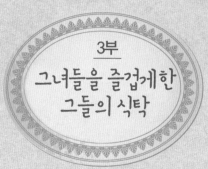

3부
그녀들을 즐겁게한 그들의 식탁

01

강력한
최음제의
비밀

사드 백작의 초콜릿

사드 백작의 초콜릿

프랑스 작가 도나시앵 알퐁스 프랑수아 드 사드 백작은 사디즘(sadism: 가학 혹은 학대를 통해 성적 쾌락과 만족을 얻는 성향을 뜻함. 단순히 성적인 부분에만 국한하지 않으며 공격성을 띠고, 다른 이에게 고통을 가하며 만족을 얻는 경우를 뜻하기도 한다)이라는 용어를 낳게 한 사람으로 익히 알려져 있다. 그가 열광한 음식은 '초콜릿'이다. 사드 백작은 초콜릿을 이용해 만든 것이라면 무엇이든 가리지 않고 먹었으며, 죄를 짓고 감금되거나 수감될 때도 초콜릿이 들어 있는 음식을 끊임없이 먹었다고 한다.

사드 백작이 처음 수감된 이유는 가학적인 난교 파티 때문인데, 이 파티에서도 초콜릿은 빠지지 않았다. 당시 초콜릿은 일반 백성은 즐길 수 없는 귀족만의 전유물로 지금과는 다른 음료의 형태였다. 강장제와 피로 해소 역할을 비롯해 최음제로써 많이 마셨기 때문에 여성과 성직자에게는 금기 식품이었다. 그래서 초콜릿은 여성은 성적인 이유로, 하층민은 가격 때문에 먹을 수 없는 음료였다. 이러한 사회적 분위기에도 사드 백작은 난교 파티에서 초콜릿을 여성들에게 제공했는데, 당시 가톨릭에서 초콜릿을 악마의 음료로 금기시킬 정도였으니 사드는 용서받을 수 없는 큰 죄를 지은 것이나 다름없었다.

사드 백작이 섹스의 만족도를 높이는 보조 도구로 사용한 초콜릿. 그렇다면 초콜릿의 어떤 성분이 최음제 효과가 있는 것일까? 초콜릿에는 카페인, 테오브로민, 페닐에틸아민, 트립토판이 들어 있다. 카페인은 각성 효과가 있어 뇌를 자극해 몸에 활력을 찾아주고, 집중력을 높여준다. 초콜릿에 들어 있는 테오브로민 성분은 긴장을 풀어주고 편안함을 느낄 수 있도록 하며, 뇌의 활동을 자극하기도 한다. 그런가 하면 사랑의 묘약이라 불리는 페닐에틸아민 성분은 사람이 사랑을 할 때 뇌에서 분비되는 물질로 기분을 좋게 하고 충족감을 느끼게 한다. 섹스를 하며 오르가 슴을 느낄 때 이 성분의 농도가 가장 높은 걸 보면 사랑의 묘약 이라는 말은 적절한 비유가 아닐까 싶다. 마지막으로 초콜릿 엑 스터시라고 불리는 트립토판은 세로토닌이라는 신경전달 물질 을 만드는데, 세로토닌은 쾌감을 유발하므로 그 양이 많아지면 기분이 좋아지고 황홀감을 느끼게 된다. 이러한 성분이 신경을 자극하는 작용을 해 실제로 성적인 흥분을 느낄 수도 있다.

초콜릿은 커피, 차와 함께 인류의 오랜 기호식품으로 알려져 있다. 역사적으로 가장 먼저 초콜릿 음료를 마신 것은 아즈텍족 이다. 물론 올멕족이 카카오라는 단어를 사용했을 거라는 추측 도 있으며, 마야족의 벽에 카카오 열매가 새겨 있어 아즈텍족 이 전에도 카카오가 존재했다는 것을 유추할 수 있으나 초콜릿을 처음 먹기 시작한 것은 아즈텍족으로 알려졌다.

아즈텍 초창기의 초콜릿은 지금과 전혀 다른 형태였다. 지금 처럼 여러 재료를 혼합하거나 가공하지 않았으며, 굽거나 익혀 먹지도 않았다. 카카오 빈 자체를 익히지 않고 생으로 먹다가 그 냥 먹는 것보다 익혀 먹는 게 맛과 향이 더 좋다는 사실을 알게 된 뒤부터 익혀 먹기 시작한 것이다. 물론 모든 음식이 마찬가지지만 처음에 어떤 계기로 익혀 먹기 시작했는지, 익히는 방법을 어떻게 발견했는지에 대한 정확한 설은 알려져 있지 않다.

초기의 초콜릿은 음료 형태였는데 요즘 첨가하는 우유, 설탕 대신 향신료, 꿀을 혼합해 마셨으며 현재 우리가 먹고 있는 파우더 코코아와 몰드 초콜릿은 1800년대에 이르러서야 등장했다.

초기 아즈텍에서 초콜릿은 평민이 쉽게 먹을 수 없는 음료였다. 초콜릿을 마실 수 있는 계층은 왕족이나 귀족 같은 상류층에 한정되어 있었다. 하지만 평민 중에서도 전장에 나가는 병사와 제물로 뽑혀 죽음을 눈앞에 둔 사람의 경우에는 초콜릿을 마실 수 있게 해주었다. 초콜릿이 힘이 나게 해준다는 믿음 때문이었다. 아즈텍의 몬테수마 왕이 하루 50잔의 초콜릿을 마신 것으로 유명하며, 여성과 잠자리를 하기 전 반드시 초콜릿을 챙겨 마신 것으로 보아 당시 이 음료에 대한 믿음이 대단했던 것으로 보인다.

아즈텍족이 즐겨 마신 이 신비스러운 음료는 스페인을 거쳐 유럽으로 건너갔다. 그 당시 초콜릿에 대한 아즈텍족의 생각과

민음이 그대로 전해져 초콜릿은 유럽인에게 강장제와 최음제로 알려졌다. 처음 초콜릿을 유럽에 알린 사람들은 초콜릿이 강장제 효과가 있다고 설명했으며, 이에 따라 많은 유럽인이 기운을 돋우고 피로를 해소하기 위해 초콜릿을 마셨다.

특히 초콜릿을 처음 알게 된 스페인의 지배 계층은 초콜릿을 사랑의 미약이라 믿어 최음제로 사용한 것으로 알려졌다. 최음제는 성욕을 높이는 모든 것을 의미한다. 장치, 향기, 마약, 술, 식품, 전문 의약품 등이 여기에 해당하는데, 당시 초콜릿을 성적 의미를 지닌 식품으로 연결 지어 생각한 것이다. 이처럼 초콜릿은 비단 아즈텍족과 사드 백작뿐 아니라 많은 남성과 여성들이 성적 의미와 연관 지으며 열광한 식품이다.

우리가 익히 알고 있는 카사노바는 굴과 초콜릿을 최음제로 꼽았으며, 여성들과의 전희 단계에서 초콜릿을 즐겨 마신 것으로 알려졌다. 그 역시 초콜릿이 성적 흥분을 유발한다고 믿었기 때문이다. 이런 생각은 유럽 도처에 퍼져 17세기 프랑스에서는 초콜릿이 들어간 과자나 빵은 모두 최음제 효과가 있는 음식이라고 믿었다.

초콜릿의 성욕 촉진 효과를 믿은 여성들은 연인에게 초콜릿을 먹여 성적 흥분을 극대화하기 위해 노력하기도 했다. 같은 이유에서 루이 14세는 부인인 스페인 왕녀 마리 테레즈가 사람들이 있는 자리에서 코코아 음료를 마시는 것을 금지시켰다. 또한 루이 15세의 정부인 퐁파두르 부인도 초콜릿을 마셨으며, 루이 15세의 총애를 받은 뒤바리 부인 역시 초콜릿으로 그의 마음을 사로잡았다. 그만큼 중세 유럽 사회에서 초콜릿은 내밀한 공간에서 중요한 역할을 하는 음료였다.

최근 초콜릿에 대한 연구가 활발히 진행되었는데 연구 결과는 크게 상반되는 두 가지로 나뉜다. 그중 하나는 초콜릿이 과거의 믿음과 달리 심리적 부분과 정신적 부분에 영향을 주지만 최음제 효과 면에서는 근거가 없다는 것이고, 또 다른 하나는 최음제 성분이 들어 있어 실제로 성애에 영향을 미친다는 것이다. 하지만 이러한 연구 결과와 별개로 현대인은 평소 워낙 다양한 최음제 성분이 들어 있는 음식을 접하고 있기에 초콜릿에 함유된 미량의 최음제 성분은 거의 영향을 주지 못한다고 할 수 있다.

하지만 이 모든 것을 떠나 초콜릿은 달콤하면서도 쌉싸래한 매혹적인 맛과 다양한 모양으로 가공이 가능한 장점 때문에 현대 여성들이 가장 좋아하는 음식이 되었다. 최음제 효과가 과학적으로 밝혀지지 않았다지만, 남성이 자신의 마음을 담아 여성에게 초콜릿을 선물한다면 그 자체만으로도 로맨틱한 분위기를 낼 수 있다. 그런 점에서 보면 결국 과거에 최음제 효과를 보기 위해 초콜릿을 먹은 것과 비슷한 효과를 낼 수 있을 것이다.

초콜릿은 사랑을 전달하기 위한 하나의 매개체로 사용되고 있는데, 그 대표적인 예가 밸런타인데이에 초콜릿으로 자신의 마음을 전달하는 것이다. 초콜릿의 성분이나 역사와 별개로 초콜릿이 사랑을 전달하는 밸런타인데이에 사용되는 이유는 그 달콤하고 매혹적인 맛 때문이 아닐까. 사실 밸런타인데이에 대한 설은 매우 많지만 어쨌든 사랑을 전달하는 하나의 매개체가 바로 초콜릿이라는 부분은 변함없는 사실이다. 결국 현재의 초콜릿은 사랑을 속삭이고 마음을 전하는 역할을 하고 있는 것이다. 달콤하고 쌉싸래한 초콜릿의 맛은 사랑의 기쁨과 아픔을 동시에 지닌 맛이 아닐는지.

이렇듯 사드 백작이 즐겨 먹은 초콜릿은 여러 면에서 이성을 유혹하는 데 탁월한 효과가 있음에 틀림없다.

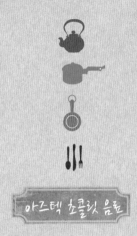

아즈텍 초콜릿 음료

재료 다크 초콜릿(카카오 함량 50% 이상) 35g, 우유 1컵, 코코아 파우더 1/2컵,
칠리 파우더 1/2작은술, 바닐라 빈 1개, 꿀 3작은술

1. 소스 팬에 우유와 반 가른 바닐라 빈을 넣고 약한 불로 데운다.

2. 1을 체에 거른다.

3. 2에 잘게 부순 다크 초콜릿을 넣어 약한 불에 천천히 저어가며 녹인다.

4. 3에 코코아 파우더, 칠리 파우더를 넣어 균일하게 섞이도록 거품기로 잘 젓는다.

5. 4에 꿀을 넣고 데워둔 머그잔에 담는다.

TIP

1. 아이들에게는 다크 초콜릿 대신 밀크 초콜릿을 넣어주거나 꿀, 설탕의 양을 늘린다.

2. 휘핑크림, 계피 파우더, 초콜릿 등을 기호에 맞게 넣는다.

02

매혹적인
향의
비밀

카사노바의 송로버섯

카사노바의 송로버섯

    희대의 바람둥이로 알려진 카사노바는 새로운 맛을 제공하는 음식처럼 다채로운 면을 지닌 사람이다. 그는 "나는 이성을 위해 태어났다는 사명감을 가졌다. 그래서 늘 사랑을 했고, 사랑을 쟁취하기 위해 내 전부를 걸었다"라고 말할 정도로 열정적인 남자였다. 카사노바에게 붙어 다니는 '바람둥이'라는 수식어를 제외한 다른 수식어를 살펴보면 성직자, 군인, 바이올리니스트, 예술가, 작가, 스파이 같은 의외의 단어들이다.

    하지만 조반니 자코모 카사노바는 18세기 가장 로맨틱한 요리사이자 미식가라 칭하는 것이 맞다. 당시에는 왕들도 주방에

들어가 직접 요리할 만큼 남자들이 요리하는 것이 일상적이었
다. 카사노바는 특히나 요리하기를 좋아했고, 자신이 직접 만든
요리를 여인에게 대접하기를 즐겼으며, 그 맛 또한 매우 좋았다
고 한다. 사실 이렇게 남성이 직접 요리한 음식을 대접하고 거기
에 어울리는 샴페인을 따라주며 사랑을 속삭인다면, 어떤 여성
이 빠져들지 않겠는가. 게다가 카사노바는 여성의 취향과 성향
에 맞춰 항상 다른 식자재와 레시피로 요리를 대접했다고 하니,
희대의 바람둥이가 될 만한 매력이 충분하지 않았나 싶다.

알려진 대로 카사노바는 1000명이 넘는 여성과 사랑을 했다.
더 놀라운 건, 그 여성들과 만나고 사랑할 때만큼은 진심을 다했
다는 것이다. 그는 어린 나이에 어머니와 헤어지고, 이후 자신을
돌봐주던 할머니마저 돌아가시자 여성의 사랑을 갈구하게 됐다.
결국 어린 시절의 상처가 그의 여성 편력을 만들어낸 것이라고
볼 수 있다.

카사노바는 여성을 음식에 비유하곤 했는데, 새로운 음식을
먹는 것이 언제나 즐거운 것처럼 새로운 여성을 만나는 것도 즐
겁고 행복한 일로 생각했다. 한 가지 음식으로 배를 채우고 허

기를 면할 수는 있지만, 항상 더 새롭고 맛있는 음식을 먹고 싶어 하는 것과 마찬가지로 한 여성과 사랑에 빠지더라도 늘 새로운 여성을 찾을 수밖에 없었다고 한다. 결국 음식은 그에게 성욕을 표현하고 조절할 수 있는 또 다른 창구 역할을 했다. 서양에서 애인을 허니, 쿠키라고 부르는 것은 카사노바처럼 입으로 들어가는 음식을 성적 코드와 연관시켰기 때문일 것이다.

카사노바는 73세의 나이로 삶을 마감할 때까지 건강한 모습으로 생활한 것으로 알려졌다. 이러한 그의 건강과 스태미나 덕분에 많은 사람이 그가 즐겨 먹은 음식을 궁금해한다.

카사노바가 즐겨 먹은 대표적 음식 중 송로버섯(트뤼플)은 정력제 중 가장 강력한 것으로 꼽힌다. 송로버섯의 역사는 그리스·로마 시대까지 거슬러 올라간다. 대부분의 식자재처럼 송로버섯도 처음에는 약의 대용이나 조미 향신료로 쓰였다. 송로버섯에 대한 서양인의 시각은 프랑스의 식도락가 브리야사바랭이 《미각의 생리학》에 쓴 내용으로 미루어 짐작할 수 있다. 그는 송로버섯이 정력을 증진시킨다고 기술했다.

프랑스의 페리고르(Perigord) 지역에서 생산하는 검은색 송로

버섯과 이탈리아의 알바(Alba) 지역에서 생산하는 흰색 송로버섯이 최상품으로 알려졌는데, 굳이 비교하면 흰색 송로버섯이 최상품으로 꼽히지만 검은색 송로버섯도 구하기 어려운 건 마찬가지다. 자연산 송로버섯은 소비자가 원하는 수요보다 생산량이 극히 적어서 고가에 거래되고 있다. 검은색 송로버섯 1킬로그램은 300만 원, 흰색 송로버섯 1킬로그램은 600만 원 정도에 판매되고 있다. 높은 가격 탓에 송로버섯은 백색 다이아몬드, 식탁 위의 다이아몬드 같은 별칭으로 불린다.

우리나라에서는 송로버섯이 생산되지 않아 모두 수입에 의존하고 있다. 송로버섯은 생긴 모습과 형태만으로는 버섯처럼 보이지 않고, 산에 있는 돌멩이나 식물 뿌리를 연상시킨다. 송로버섯은 거위 간인 푸아그라, 철갑상어 알인 캐비아와 함께 세계 3대 진미로 꼽힌다.

가장 처음 송로버섯이 인기를 끌게 된 이유는 송로버섯에 최음제 효과가 있다고 믿었기 때문이다. 송로버섯은 향이 독특한데, 그 향 때문에 중세 유럽인은 송로버섯에 최음제 성분이 있다고 생각한 것이다.

검은색 송로버섯의 경우 향이 흙냄새와 비슷하며, 진하지는 않다. 하지만 안드로스테론이라는 스테로이드 화합물 때문에 체액이나 타액에서 분비되는 분비물과 비슷한 향을 풍긴다. 그래서 간혹 비위가 약하거나 유달리 냄새에 민감한 사람들에게 송로버섯을 제공할 경우, 오히려 입맛을 잃을 수도 있다.

흰색 송로버섯은 검은색 송로버섯보다 향이 강하지만 열을 가하면 향이 파괴되므로 먹기 직전에 얇게 썰어 제공한다. 흔히 대패로 얇게 밀어서 먹는다.

송로버섯의 향은 다른 재료와 섞여도 그 향을 잃지 않고 오히려 다른 재료에 송로버섯의 향을 덧입히는 특징이 있다. 그래서 요리에 사용하고 남은 조각을 오일에 넣어 송로 오일을 만들기도 한다.

예전에는 송로버섯을 채취하는 게 워낙 어려워 돼지를 이용해 찾곤 했다. 암퇘지는 유난히 송로버섯의 냄새를 잘 맡아 조금이라도 냄새가 나면 흥분해 귀신같이 버섯을 찾아낸다. 단, 수퇘지는 송로버섯의 냄새에 반응하지 않기 때문에 꼭 암퇘지를 데리고 다니며 버섯을 채취했다. 하지만 최근에는 돼지보다는 개의 예민한 후각을 이용해 버섯을 찾는 경우가 많다. 돼지의 경우 덩치가 커서 이동이 불편한 데다 버섯을 찾더라도 그 자리에서 먹어버리기 때문이다.

돼지와 개의 후각을 자극하는 이 냄새는 남성호르몬과도 비슷한데, 그래서 여성의 경우 이 향을 맡으면 로맨틱하고 달콤한 기분을 느끼기도 한다. 과거 우리나라 여인들이 사향을 사용한 것과 같은 맥락이라고 볼 수 있다. 또 페르몬 향수의 향이 이성을 매혹시키는 향이라는 생각과도 비슷하다. 실제로 이러한 효과가 있다는 설은 사람들이 송로버섯을 즐겨 찾는 데 큰 역할을 하게 되었다.

송로버섯은 카사노바뿐 아니라 네로 황제와 사드 백작, 루이 14세, 나폴레옹에 이르기까지 많은 정력가들이 즐겨 찾은 식품이다. 카사노바는 송로버섯을 얇게 썰어 다른 음식과 함께 곁들여 먹음으로써 그 효과를 극대화하곤 했다.

송로버섯은 콜라겐 생성에 도움을 주어 탄력 있고 아름다운 피부로 가꿔주므로 여성들에게도 좋은 식품이다. 또 비타민도 많이 함유해 피부 노화를 막아준다. 자양강장 효과도 있어 힘이

없거나 기운이 없는 사람에게는 기운을 차리게 도와주고 신장과
장, 위를 튼튼하게 해준다.

카사노바는 송로버섯뿐 아니라 굴, 블루치즈, 숭어와 숭어알,
계란흰자, 초콜릿, 양파 등 다양한 식자재를 활용해 음식을 만들
어 먹었으며, 이러한 카사노바의 레시피는 지금도 많은 관심을
불러일으키고 있다. 그래서 베네치아의 요리 학교에서는 카사노
바가 즐겨 먹고 요리한 음식을 가르치기도 하며, 카사노바의 레
시피를 이용한 음식점이 지금도 세계 곳곳에 자리 잡고 있다.

송로버섯 오일 샐러드

재료 오이 1/2개, 양파 1/2개, 방울토마토 8개, 노란색 파프리카 1개, 굵은 소금 약간

소스 재료 다진 마늘 1/2작은술, 다진 파슬리 3g, 레몬주스 2큰술, 발사믹 식초 1큰술,

송로버섯 오일 2큰술, 소금 · 후춧가루 약간씩

1. 오이는 굵은 소금으로 씻어 거친 껍질과 씨를 제거한다.

2. 손질한 오이, 양파, 파프리카는 적당한 크기로 썬다.

3. 볼에 소스 재료를 넣고 섞는다.

4. 2의 채소와 방울토마토를 섞은 뒤 3의 소스를 끼얹는다.

03

뛰어난
체력의
비밀

데이비드 베컴의 장어

데이비드 베컴의 장어

영국을 대표하는 축구 선수 데이비드 베컴은 뛰어난 실력과 출중한 외모로 많은 여성 팬을 거느리고 있다. 인기가 많은 만큼 다양한 광고에 등장하는데, 대부분 남성적 느낌의 패션이나 연출을 통해 강한 이미지를 표현하고 있다. 우리나라보다는 일본에서 더 많은 인기를 누리는 베컴은 일본에서 베컴사마라는 별명을 얻기도 했다. 현재 빅토리아 베컴의 남편이자 네 아이의 아버지로서 가정을 꾸리고 있는 그는 넷째를 출산하면서 다시 한 번 주목을 받기도 했다.

단순히 운동선수를 넘어 스타일 아이콘이자 패션 리더로 자

리를 잡은 베컴. 더욱이 부인과 자녀들과 함께 행복한 가정을 이
룬 가장으로서의 믿음직스럽고 고급스러운 이미지를 연출하는
그는 건강한 몸매와 외모를 꾸준히 가꿔 스타일리시한 스타로
인기를 얻고 있다.

데이비드 베컴은 스페인의 레알 마드리드로 이적했을 때, 가
장 먹고 싶은 영국의 음식이 무엇이냐는 질문에 장어 젤리라고
답했다. 장어 젤리는 우리에게 생소할 수도 있지만 쉽게 말하자
면, 젤리 안에 들어간 장어라고 생각하면 된다. 단, 과일이 들어
있는 젤리처럼 달콤하지는 않다. 장어 젤리는 빵이나 다른 주식
과 함께 먹는데, 주로 빵에 페이스트를 바르듯 발라서 먹거나 끼
워 먹는다.

영국에서 간편한 스태미나 식품으로 만들어 시판하고 있는
것이 바로 장어 젤리다. 그래서 영국인인 데이비드 베컴에게 장
어 젤리는 특별한 음식이 아니다. 장어 젤리는 장어를 조금 더
쉽게 먹을 수 있도록 만들어 판매하는 음식으로, 우리나라 사람
들이 먹기에는 장어 특유의 향이나 비린 맛이 강하므로 익숙해
지지 않으면 먹기가 힘들다.

장어는 이미 우리나라에도 과거부터 널리 알려진 스태미나 식품이다. 우리 몸에 에너지를 공급하는 대표 음식으로 3대 영양소인 단백질, 탄수화물, 지방이 골고루 들어 있다. 뿐만 아니라 비타민 A · B · C가 풍부하게 함유돼 있다.

비타민 A는 일반적으로 생선의 내장에 들어 있는 경우가 많은데, 특히 장어에 많이 함유돼 있다. 비타민 A가 부족하면 야맹증에 걸린다는 사실은 이미 널리 알려진 상식이다. 또 치아와 골격이 자라는 데 필요한 비타민 A는 부족할 경우 골격에 이상이 생기거나 성장하는 데 문제가 될 수 있으며, 상피세포의 분화 과정에도 관여하기 때문에 비타민 A가 결핍될 경우 피부 등에 각 질환이 생길 수 있다.

이처럼 비타민 A는 눈, 골격 성장, 피부 등 인체 거의 모든 곳에 영향을 미친다. 최근에는 비타민의 항산화 효과가 많은 관심을 받고 있는데, 장어에 들어 있는 비타민 C 역시 노화를 막아주며 항암 작용을 한다.

장어는 단백질과 지방이 많이 함유돼 있지만, 성인병을 일으키거나 건강에 문제를 유발하지는 않는다. 장어의 지방에는 불

포화지방산인 DHA와 EPA가 풍부하게 들어 있으며, 불포화지방산의 하루 권장량보다 많은 양이 함유돼 있다. 특히 DHA와 EPA는 체내에서 생성되지 않으므로 반드시 외부에서 공급을 해주어야 하기 때문에 장어와 같은 음식을 통해 섭취하는 것이 좋다.

일반적으로 동물성 지방은 포화지방산으로, 식물성 지방은 불포화지방산으로 분류하는데 어류는 식물이 아닌데도 불포화지방산을 함유하고 있다. 불포화지방산은 체내 콜레스테롤 수치를 낮춰주므로 순환기 계통의 성인병을 예방하는 데 효과적이다. 동맥경화 같은 혈관 장애를 막아주며 암의 발생을 억제하는데도 효과가 있다. 따라서 장어에 지방이 많다는 이유로 굳이 멀리할 필요는 없다.

장어에는 철분 성분도 풍부하게 들어 있다. 철은 산소를 운반하고 저장하는 역할을 하면서 체내의 면역 기능을 정상으로 유지해주는 역할을 한다. 또 철 성분이 부족하면 철 결핍성 빈혈이 생기는데, 성장기 아이들이나 여성들의 경우 장어를 먹으면 빈혈을 예방할 수 있다.

하지만 장어를 먹는 가장 큰 이유인 스태미나에 영향을 주는 것은 뮤신 성분이다. 뮤신은 장어 껍질 특유의 끈적끈적한 점액질에 함유된 성분으로 인체의 성장을 도와주기도 하지만 성 기능을 높여주는 효과가 있는 것으로 알려졌다. 그 밖에도 운동 기능에 많은 도움을 주고 단백질의 흡수를 도와준다고 해서 오래전부터 자양강장제로 이용돼왔다.

우리나라에서는 주로 장어를 여름에 먹는데, 기력이 떨어지고 입맛이 없을 때 장어를 먹으면 기운을 북돋고 입맛이 살아나게 해준다. 즉, 장기와 육체에 활력을 높이고 신진대사를 활발하게 해 몸의 기운을 북돋는 강장제 역할을 한다.

일본의 경우 봄철에 장어를 먹으면 여름을 힘들이지 않고 보낼 수 있다고 믿고 있다. 결과적으로 두 나라 모두 장어를 먹음으로써 더운 여름을 건강하게 나기를 원했음을 알 수 있다. 하지만 실제로 장어의 맛이 가장 좋을 때는 여름보다는 산란기에 해당하는 가을이다.

장어를 즐겨 먹은 사람은 베컴만이 아니다. 야구 선수 박한이·이승엽, 축구 선수 박지성·이청용도 장어를 즐겨 먹는다. 운동선수들은 경기하는 내내 체력을 최상의 컨디션으로 유지하

기 위해 스태미나 식품을 먹는데, 이때 즐겨 먹는 것이 바로 장
어다.

2008년 음식 문화 연구가 존 바리아노는 레오나르도 다빈치
가 그린 〈최후의 만찬〉에 등장하는 음식 중 하나가 오렌지 슬라
이스를 얹어 구운 장어라고 주장했다. 그는 레오나르도 다빈치
가 평소 먹었던 식습관이나 그 시대의 음식으로 〈최후의 만찬〉이
완성되었을 거라고 추측한다. 실제로 문헌에도 레오나르도 다빈
치가 장어를 샀다는 기록이 남아 있다. 화가 피카소도 장어 스튜
를 즐겨 먹었다고 한다.

장어는 운동선수나 남성 외에도 어린아이, 여성, 노인에게 도
움이 되는 식품이다. 특히 여성의 경우 부인병이나 생식기 질환
을 예방하는 데 효과가 있다.

장어는 여러 나라에서 즐겨 먹고 있으며, 장어 젤리의 경우
영국뿐 아니라 프랑스 · 이탈리아 · 스페인 사람들도 즐겨 먹는다.
독일에는 장어를 이용해 만든 수프가 있으며, 일본의 장어 덮밥,
덴마크의 장어 샌드위치, 아일랜드의 장어 스튜, 우리나라의 장
어구이 같이 다양한 요리가 있다. 과거부터 현재까지 그리고 다

양한 나라에서 장어의 효능과 효과를 알고 있기에 최근에는 누구나 쉽게 구하고 먹기도 편하게 장어 젤리까지 만들어 판매하고 있는 것이다.

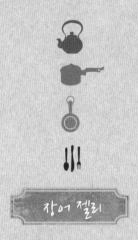

장어 젤리

재료 장어 1마리, 화이트 와인 1병, 시드르(사과술) 200㎖, 양파 1개, 당근 1개, 셀러리 1개,

소금 약간, 통후추 8알, 파슬리 약간, 정향 3개, 월계수 잎 1장

1. 장어는 껍질을 벗긴 뒤 2cm로 토막 낸다.

2. 양파, 당근, 셀러리는 손질한 뒤 채를 썬다.

3. 장어에 화이트 와인, 시드르를 부은 후 2의 채소를 넣는다.

4. 3에 소금, 통후추, 파슬리, 정향, 월계수 잎을 넣어 1시간 동안 끓인다.

5. 4를 약한 불에 고듯이 1시간 더 끓인 뒤 장어를 건진다.

6. 5의 국물을 3분의 2 정도까지 조린 뒤 체에 거른다.

7. 6의 국물에 장어를 넣어 굳힌다.

04

약이 되는
음식의
비밀

연산군의 사슴 고기

연산군의 사슴 고기

역사 속에 폭군으로 남아 있는 연산군은 성종의 맏아들로 조선 제10대 왕이었지만, 폭정을 자행하다 폐위된 인물이다. 이러한 연산군의 삶은 연극, 영화, 드라마, 소설로 제작되었는데, 최근에는 예전과 다른 새로운 시각으로 연산군을 재조명한 작품도 등장하고 있다. 연산군이 폭군이었음은 《조선왕조실록》의 〈연산군일기〉를 통해 증명되지만, 이는 그를 내몰고 집권한 세력에 의해서 쓰인 역사이다. 그래서 어쩌면 연산군을 폭군으로 묘사해야만 자신들이 일으킨 쿠데타의 정당성을 인정받을 수 있기에 과장하여 그를 폭군으로 만든 것일 수도 있다는 시각도 존재한다.

어쨌든 연산군이 폭군이 된 계기는 어머니 폐비 윤 씨의 억울한 죽음을 알게 된 데서 시작되었다. 어머니의 억울한 죽음에 대한 그의 분노는 여러 측면에서 표출되는데, 그중 하나가 끝없는 연회와 놀이였다. 이러한 연회와 놀이에 여성이 빠질 수 없었고, 팔도에서 아름답고 재능 있는 여성을 뽑아 각 고을에서 그들을 관리하게 했다. 그들의 명칭은 기생에서 운평(運平)으로 바뀌어 불렸으며, 그들이 궁에 들어가게 되면 흥청(興青)으로 다시 명칭이 바뀌었다. 흥청은 연회에 동원되어 연산군의 여흥을 돋우며 밤낮을 함께했다고 한다. 이후 중종반정이 일어나 연산군이 왕위에서 물러나면서 백성들은 연산군이 흥청들과 즐기다 나라가 망했다고 해 흥에 겨워 즐기고 노는 모양을 일러 '흥청망청'이라 하게 되었다.

연회에 빠지지 않고 등장하는 것은 여성뿐 아니라 음식과 술이다. 연회 때는 항상 진미가 올라오는데, 특히 연산군은 식탐이 많아 진귀하고 맛있는 음식을 매우 좋아했다고 한다. 거북이와 돌고래같이 쉽게 구할 수 없는 재료로 만든 음식을 찾기도 했고, 외국에서 식자재를 공수할 정도로 다양한 음식에 관심이 많았다. 정식으로 진상하는 음식을 제외하고도 먹고 싶은 것은 모두 먹어야 했던 연산군 때문에 당시 새롭고 진귀한 식자재를 찾아 왕에게 진상하는 진풍경도 벌어졌다.

조선 시대 음식은 영양학적으로 음양오행을 따랐으며, 그 색의 조화도 뛰어났다. 음식을 맛있게 조리하는 기술과 함께 다섯 가지 색상의 식자재를 사용해 맛을 살렸으며 완성된 음식의 모양은 매우 아름다웠다. 오방색은 흰색, 검은색, 녹색, 붉은색, 노란색을 말한다. 구절판, 신선로, 탕평채, 잡채는 이 다섯 가지 색을 이용해 한 그릇 안에 조화를 이루고 모든 영양을 골고루 갖춘 요리다.

다섯 가지 색뿐만 아니라 다섯 가지 맛인 오미의 조화도 고려했는데, 각각의 색은 맛과 연결이 된다. 흰색은 매운맛, 검은색은 짠맛, 녹색은 신맛, 붉은색은 쓴맛, 노란색은 단맛의 다섯 가지 맛을 가리킨다. 조선 시대에는 이러한 오색과 오미의 조화를 고려해 음식을 완성했다.

또 '약과 음식은 그 근원이 같다' 해서 약식동원(藥食同源)이라 할 정도로 음식을 중요시했다. 그만큼 우리 조상들은 음식이 건강에 미치는 중요성을 잘 알고 있었다. 우리가 흔히 양념이라고 말하는 간장, 설탕, 파, 마늘, 깨소금, 참기름, 고춧가루의 한자는 약념(藥念)이라고 표기한다. 그 뜻을 살펴보면 '약이 될 수 있도록 염두에 두는 것'이라는 의미를 지니고 있다. 여기서도 알 수 있듯이 우리 조상들은 병을 예방하거나 치료하는 데 올바른 식생활을 실천해야 한다는 것을 매우 잘 알고 있었으며, 그런 이유로 약을 쓸 때도 음식을 통해 몸을 다스리는 것과 구분하지 않았다.

연산군은 건강을 챙기면서 스태미나를 강화하는 음식을 즐겨 먹었다. 민물뱀장어와 마늘백숙, 인삼정과 등의 요리를 먹었는데, 그중 특히 사슴을 이용한 요리를 즐겨 먹은 것으로 알려졌다. 대부분의 사람들은 사슴 하면 녹용이라 불리는 사슴의 뿔만 떠올리는데, 사슴은 뿔 외에 고기에도 영양이 많이 함유돼 있다. 사슴 고기는 일반적으로 즐겨 먹지 않기에 별식이라고 인식하기 쉽다. 그러나 고구려의 무용총 벽화에 사슴을 사냥하는 모습의 그림이 남아 있는 것을 볼 때, 현재 즐겨 먹지 않을 뿐 우리나라에서 사슴을 식용한 역사는 길다고 할 수 있다.

사슴 고기는 기름이 많지 않아 담백한 맛이 특징이며, 거의 살코기만으로 되어 있다. 따라서 콜레스테롤이 낮으며 고기를 씹을 때 육질이 부드러워 먹기가 편하다. 동물성 콜레스테롤이 적어 성인병이 있는 사람도 걱정 없이 먹을 수 있다는 장점이 있다. 또 야생동물 특유의 역한 냄새나 누린내가 많이 나지 않아 비위가 약한 사람도 거부감 없이 먹을 수 있다. 사슴 고기는 혈액순환을 원활하게 하며 오장의 기운을 좋게 해주므로 기력이 떨어지고 몸이 허약한 사람들이 먹으면 좋다. 식용으로 즐겨 먹지는 않더라도 기운을 돋우고 양기를 보하기 위한 특별한 음식으로 적합하다.

사슴 고기는 단백질, 비타민 B_2, 인, 철분이 풍부하게 들어 있다. 일반적으로 단백질 섭취를 하고 싶어도 육류를 통한 단백질 섭취는 꺼리는 경우가 많은데, 사슴 고기의 경우 단백질은 풍부하나 지방이 현저히 낮아 고단백질·저칼로리이며 다이어트나 식단 조절을 하는 사람들도 부담 없이 먹을 수 있는 육류다.

사슴 고기에 풍부하게 들어 있는 비타민 B_2는 피부에 윤기와 탄력을 주어 피부를 아름답게 유지해주는 효과도 있다. 인은 골

격과 치아를 구성하고 에너지 대사에도 관여한다. 따라서 성장기의 어린이나 노인의 골격을 구성하는 데 중요한 역할을 한다. 그리고 사슴 고기에 들어 있는 철분은 빈혈을 예방하는 데 효과가 있어 여성에게도 좋은 식품이다.

사슴 고기 요리 중 특히 사슴의 꼬리를 이용한 요리는 연산군뿐 아니라 중종과 영조도 즐겨 먹었다고 전해진다. 꼬리 요리를 떠올리면 소꼬리를 이용한 요리만 생각하지만, 소꼬리뿐 아니라 사슴 꼬리도 맛과 영양이 뛰어나다. 일반 백성은 접하기 어려울 정도로 귀하고 맛이 뛰어나며, 사슴 요리 중 녹미라 불리는 꼬리 부분은 기운을 북돋는 데 그만이다.

하지만 사슴은 꼬리가 길지 않아 한 마리에서 나오는 양이 적은 만큼 귀한 요리라 주로 찜으로 만들어 먹는데, 중국에서도 사슴의 꼬리는 진귀한 재료 중 하나로 취급되어 '만한전석'에도 꼬리를 이용한 요리가 등장했으며, 중국인이 진미로 꼽는 재료 중 하나이기도 하다. 또 중국에서는 사슴 꼬리를 자양강장제로 여겨 약재로 쓰기도 했다. 우리나라 역시 사슴 꼬리를 이용한 요리를 자양강장제로 여겨 귀한 음식으로 생각했다. 연산군이 사슴 꼬리를 즐겨 먹은 것도 맛이 뛰어나기도 하거니와 영양이 많았기 때문일 것이다.

왕이 기거하던 궁이 있는 수도는 정치·경제의 중심이 되는 곳이었으며, 궁은 한 나라의 최고 권력자가 사는 공간이었다. 따라서 일반 백성이 먹던 것과 궁에서 먹던 음식은 그 내용과 질이 다를 수밖에 없었다. 하지만 음식을 이용한 일상적 식생활에 대한 기록이나 문헌이 남아 있지 않아 일반 상차림이나 음식에 대한 실체가 명확하지는 않고, 현재 궁중 음식이 전수 형태로 전해 내려오고 있다.

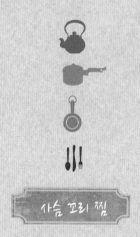

사슴 꼬리 찜

재료 말린 사슴 꼬리 400g, 마늘 3쪽, 밤 4알, 무 1/6개, 당근 1/4개, 인삼 1/3개, 간장 1컵,
잣 1/2큰술, 말린 고추 1개, 물 3컵, 후춧가루 약간
양념 재료 양파 1/2개, 배 1/4개, 대파(흰 부분) 1개 분량, 다진 마늘 1큰술, 간장 1/4컵,
매실 진액 3큰술, 물엿 3작은술, 맛술 1큰술, 참기름 1/2작은술

1. 사슴 꼬리의 털을 제거한 뒤 씻어서 물에 삶는다.

2. 양념 재료를 믹서에 넣어 간다.

3. 1의 사슴 고기를 한입 크기로 썰어 2의 양념에 재운다.

4. 무, 당근, 인삼은 한입 크기로 썬다.

5. 마늘, 밤, 잣은 손질해 준비하고 말린 고추는 채썬다.

6. 냄비에 3의 사슴 고기와 물, 간장을 넣어 끓인다.

7. 6이 끓어오르면 불을 줄이고 30분간 끓인다.

8. 7에 무, 당근, 인삼, 마늘, 밤, 잣을 넣어 20분간 끓인다.

독보다
강한
맛의 비밀

도쿠가와 이에야스의 복어

일본에서 영웅으로 추앙받는 도쿠가와 이에야스는 대단한 전략가이자 '정력가'로 알려졌다. 우리나라에는 익숙지 않은 이름일 수도 있지만 일본에서는 그를 주인공으로 한 소설, 드라마, 영화 등을 제작할 정도로 여러 각도에서 조명받는 인물이다. 그는 에도 시대의 무장으로, 도요토미 히데요시 사망 이후 무사 정권인 막부를 수립한 인물이다. 따라서 에도 막부에서의 실질적 통치자인 첫 쇼군이 된다. 그는 임진왜란으로 악화된 조선과 일본의 관계를 회복하려는 노력을 하기도 했다. 시각에 따라 영웅으로 보는 사람도 있고, 원하는 것을 위해 수단과 방법을 가리지 않은 야심가라 칭하는 이들도 있다.

그가 즐겨 먹은 음식으로 알려진 것은 복어인데, 복어는 단백질이 풍부한 고단백식이며 칼로리와 지방이 낮아 건강에 좋은 식품이다. 비타민, 미네랄이 풍부하게 들어 있으며, 특히 타우린 성분을 많이 함유하고 있는데 아미노산인 타우린은 먹을 때 담백한 맛을 주는 한편, 우리 몸의 콜레스테롤 수치를 낮춰주기 때문에 다이어트, 고혈압, 신장 질환 등에 효과가 좋다. 뿐만 아니라 타우린은 혈전을 예방해 혈관 질환에 효과가 좋고, 인체의 생리 활성을 활발하게 해 피로감을 덜 느끼게 해주며, 피로를 풀어주는 효과도 탁월하다. 또한 타우린은 에너지를 공급하므로 복어는 체력이 떨어진 환자에게 제공하기에도 훌륭한 식품이며, 당뇨 환자에게도 효과가 있다. 노화 방지에도 좋은 영향을 주며, 특히 갱년기장애에 효과적이다.

복어처럼 아미노산 함유량이 높은 식품은 대부분 점성이 있는 경우가 많다. 오징어, 문어, 해삼 등이 그 예다. 아미노산은 피로를 해소하는 것은 물론 성 기능을 강화해주고, 몸속 수분의 배출을 촉진해 소변으로 독소를 내보내게 해준다.

복어는 숙취 해소에도 좋아 술 마신 다음 날 맑은 복어탕을 먹는 것은 매우 효과적인 방법이다. 숙취의 원인은 알코올 분해 대사 과정에서 나오는 아세트알데히드 때문인데, 복어에 들어 있는 아미노산 성분이 아세트알데히드를 분해해 숙취를 덜 느끼게 하는 것이다. 또 혈액순환을 원활하게 해 몸을 따뜻하게 유지해준다.

볼록한 배는 복어의 상징인데, 사실 평상시 복어는 배가 볼록하게 튀어나와 있지 않다. 성이 나거나 화가 나면 공기를 집어넣어 배를 부풀리는 게 복어의 특성이다. 일본에서는 복어의 그런 특성을 이용해 캐릭터를 만들어 판매하기도 한다.

복어는 세계적으로 350여 종이 있으나 우리나라에는 약 35종이 서식하고 있으며, 그중 식용으로 먹을 수 있는 것은 10여 종 정도다. 참복과 황복이 맛이 좋아 식용으로 많이 이용되는데

참복은 양식을 하지 않아 가격이 비싸지만, 황복은 양식이 가능해 참복에 비해 가격이 저렴하고 구하기 쉽다. 그렇다고 황복이 맛이 없는 건 아니며, 옛날에는 잡기 쉽고 맛도 뛰어나 왕에게 진상하기도 했다.

단, 복어는 잘못 먹으면 위험한 음식이 될 수 있다. 복어의 '독' 성분 때문이다. 복어는 자연적으로 독성을 가지고 있는데, 복어 한 마리에 들어 있는 독을 이용해 33명의 목숨을 앗아갈 수도 있으며, 열을 가하거나 말려도 독성이 사라지지 않는다는 특징이 있다. 독은 수컷보다는 산란기의 암컷에 많이 들어 있으며 난소, 간, 피부, 장, 혈액에 독 성분이 들어 있다.

그런데 모든 복어에 같은 양의 독이 들어 있는 것은 아니다. 특히 양식 복어에 들어 있는 독성은 다행히 그 양이 극히 미미하다고 할 수 있다. 그래서 양식 복어는 '무독 복어'라고도 불린다. 물론 그렇다고 해서 여느 생선처럼 그냥 손질해 먹는 것은 위험하다. 요리를 할 때는 양식 복어라도 독이 들어 있을 수 있다는 가정 아래 독을 제거하는 손질 과정을 거쳐야 한다. 따라서 가정에서 복어를 직접 손질해 조리하는 것은 위험하며, 반드시 자격을 가진 사람의 손을 거쳐야 한다.

자연산 복어의 경우 그 독성이 알에서부터 자연적으로 생긴다는 설과, 먹이 사슬을 통해 체내에 축적 된다는 설로 크게 나누어진다. 복어의 독성은 10월에서 3월에 가장 약해지는데, 이때 맛이 가장 뛰어나고 안전하다. 즉, 늦가을에서 초봄까지 잡히는 복어가 가장 맛있다. 최근에는 복어를 양식해 1년 내내 그 맛이 비슷하게 유지되고 있다. 복어의 독은 무색, 무취, 무미이기 때문에 독과 맛은 전혀 상관이 없다.

최근에는 복어를 단순히 음식으로 먹는 것뿐 아니라 진통제, 마취제, 항암제 등 다양한 의약품을 개발하는 데도 활용하고 있다. 복어의 독은 매우 위험하다고 알려졌지만, 그 독을 잘 알고 먹으면 오히려 약이 될 수도 있다. 복어의 독인 테트로도톡신은 의약품에서 활용도가 매우 높다. 말기암 환자의 진통제나 마약 중독자를 위한 치료제 혹은 국소 마취를 위한 마취제 같이 여러 분야에서 활용되고 있으며, 특히 항암 효과가 있는 것으로 나타나 유용하게 쓰이고 있다. 화학 약품의 경우 부작용이 나타날 수 있지만, 복어에서 추출한 성분은 천연 항암제에 해당되기에 항암 치료를 하는 동안 부작용을 줄일 수 있다는 장점이 있으며, 음식으로 섭취해도 그 효과를 볼 수 있다.

현재 복어는 세계 3대 진미인 푸아그라, 캐비아, 송로버섯에 더해져 4대 진미 중 하나로 인정받고 있다. 생명을 위협할 정도로 독성이 강하지만 맛이 워낙 좋아 오래전부터 특별한 음식으로 사랑받아왔기 때문이다. 아름다운 꽃에 가시가 있는 것처럼 위험하지만 혀를 즐겁게 하고 몸에 좋은 효과를 주는 복어의 독은 복어를 즐기는 사람들에게 아무런 장해가 되지 않는다. 중국의 시인 소동파도 복어를 즐겨 먹었으며, 맛에서 느껴지는 부드러움 때문에 '서시의 젖'이라 불릴 정도로 많은 사랑을 받았다.

복어는 살을 두툼하게 썰면 육질이 질기고 맛이 떨어지기 때문에 얇게 써는 것이 좋다. 복어를 요리할 때는 미나리를 같이 넣는 경우가 많은데, 미나리가 복어 요리에 풍미를 더하고 해독 작용을 하기 때문이다. 단, 미나리가 복어의 독을 모두 해독하거나 제거하지는 못한다는 것은 기억해야 한다.

복어를 즐겨 먹었기 때문일까. 73세에 삶을 마감한 도쿠가와 이에야스는 당시로서는 대단한 장수를 누렸다고 할 수 있다. 특히, 많은 여인을 거느린 그는 11남 5녀를 두었는데, 62세에 열한 번째 아들을 낳을 정도로 기력이 좋았다고 한다. 이러한 내용으로 미루어볼 때 복어는 나이가 들어서까지 왕성한 성생활을 하는 데 큰 도움을 주는 식품임에 틀림없다.

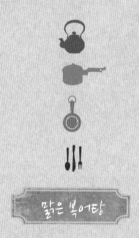

맑은 복어탕

재료 복어(손질한 것) 2마리, 콩나물 150g, 미나리 50g, 무 1/4개, 다시마 15cm, 물 4컵, 다진 마늘 4큰술, 대파 흰 뿌리 3개, 맛술 2큰술, 소금 · 식초 약간씩

1. 손질한 복어는 찬물에 담가 핏물을 뺀다.

2. 콩나물과 미나리는 깨끗이 손질해 씻는다.

3. 미나리는 먹기 좋게 썬다.

4. 1의 복어를 깨끗이 씻어 체에 밭쳐 물기를 뺀다.

5. 무, 대파 흰 뿌리, 다시마, 물을 넣어 끓이다 건져낸다.

6. 5에 손질한 복어를 넣어 끓인다.

7. 6이 끓어오르면 콩나물을 넣고 다진 마늘, 맛술, 소금을 넣어 간한다.

8. 7을 그릇에 담은 뒤 3의 미나리를 얹고 식초를 곁들여 낸다.

06

왕성한
에너지의
비밀

소동파의 돼지고기

소동파는 중국 북송 시대의 종합 예술인이라고 할 정도로 재능이 다양해 왕성한 작품 활동을 한 것으로 유명하다. 그는 당송팔대가의 한 사람에 속하는 시인이며 서예가이자 화가였다. 과거 많은 인물이 그랬듯이 그 역시 다방면에서 월등한 감각으로 자신의 예술 세계를 펼쳐 보였다. 하지만 그가 단순히 예술적 분야에서만 활동한 것은 아니다. 그는 학자, 정치가이기도 했다. 한 사람이 하기엔 너무도 많은 역할을 한 셈이다. 이미 1000여 년 전의 인물임에도 지금까지 그를 능가하는 사람을 찾을 수 없을 만큼 중국 문예와 예술에 가장 뛰어난 인물 중 한 사람이다.

문장이나 그림에 재능이 뛰어난 사람들 중에는 풍류를 즐기는 호방한 사람이 많다. 근현대를 대표하는 많은 예술가도 이와 비슷한데, 이들은 자신의 재능 때문인지 여성들에게 인기가 많았다. 소동파 역시 여성들에게 인기가 있었으며, 관심을 받을 수밖에 없는 인물이었다. 하지만 그가 많은 여인과 염문을 뿌린 것은 아니다. 그는 평생 세 명의 여인을 곁에 두었으며, 두 번 결혼했다고 알려졌다.

소동파는 사랑하는 여인들과 오랜 시간을 함께하지는 못했다. 세 여인 모두 소동파보다 먼저 죽음을 맞았는데, 첫 번째 부인은 결혼한 지 11년 만에 세상을 떠났다. 그 후 두 번째 부인을 맞았지만, 그녀도 25년 뒤 세상을 뜨게 된다. 이후 세 번째 부인마저 14년 만에 세상을 떠나자, 소동파는 여생을 혼자 보내며 사랑을 담아 세 부인을 위한 시를 남겼다.

그의 굴곡 있는 정치 인생과 예술적 기질 그리고 세 명의 여인은 그가 넘치는 에너지의 소유자였다는 것을 미루어 짐작케 하는 요소다. 이렇게 왕성하게 자신의 역량을 발휘한 그는 굉장한 미식가였으며, 중국 음식을 얘기할 때 지금도 빼놓을 수 없는 인물이다.

소동파는 음식 문화나 조리법에 관심이 많았으며, 여러 음식과 관련해 재미있는 일화를 많이 남겼다. 양귀비도 즐겨 먹었다는 리치를 즐겨 먹은 그는 리치에 대한 시를 쓰기도 했으며, 복어의 맛은 죽음과도 바꿀 가치가 있다고 말하기도 했다. 그와 음식에 관련된 이야기 중 가장 대표적인 것이 바로 동파육이다. 그의 아호인 동파가 들어간 요리 이름은, 지금도 그렇게 불리고 있다.

동파육은 삼겹살을 이용해 만드는데, 덩어리로 된 두툼한 돼지고기를 삶아 술, 파, 간장, 설탕, 향신료 등의 양념에 조리듯이 쪄내는 요리다. 돼지고기만이 아니라 청경채를 데쳐 곁들이는 형태로 제공하는데 돼지 껍질, 비계 그리고 살이 어우러져 그 맛이 매우 뛰어나다. 살의 퍽퍽한 질감은 비계가 부드럽게 해주고, 비계의 느끼한 맛은 살이 보완해준다.

동파육의 형태와 조리 방법은 우리나라의 수육 혹은 찜과 비슷하다. 시간이 오래 걸리지만 일단 완성하면 향이 매우 좋고 껍질, 비계, 살에 이르기까지 씹는 질감이 다채롭다. 동파육은 현재

중국을 대표하는 요리 중 하나로 알려져 많은 관광객이 이 요리를 먹기 위해 중국을 방문하기도 한다. 소동파 역시 동파육의 맛에 반해 그 맛을 극찬하는 시를 지었다.

돼지고기를 먹자 |소동파|

황주의 좋은 돼지고기, 값은 진흙과 같이 싸네
부자들은 즐겨서 먹지 않고, 가난한 이는 요리하는 법을 모르네
불을 약하게 하고, 물을 적게 넣어 때를 기다리면 저절로 그 맛이 살아나네
아침마다 일어나 한 그릇씩 배부르게 먹으니 누가 이 맛을 알겠는가

동파육에 대한 설은 여러 가지가 있는데, 그중 가장 많이 알려진 것은 다음과 같다. 소동파가 황주에 태수로 부임할 당시 준설 공사를 통해 도심의 아름다움을 찾게 해주었으며, 홍수로 인한 재해가 발생하자 제방을 쌓아 백성을 보살폈다. 그 일로 백성들은 소동파에게 감사하는 마음을 전하기 위해 돼지고기를 올리

게 된다. 소동파는 그 돼지고기를 혼자 먹은 것이 아니라 요리를 해서 백성들과 나누어 먹었다. 그러자 백성들이 소동파의 마음을 기려 그의 호인 동파를 따서 동파육이라 부르기 시작했다는 것이다.

두 번째 설은 다음과 같다. 평소 돼지고기 요리를 좋아하던 소동파는 돼지고기를 먹기 위해 솥에 채소와 고기를 넣고 그것을 까맣게 잊고 있다가 나중에 생각이 나서 솥을 열어보았다. 그런데 솥 안에 있던 돼지고기가 진한 향기를 내는 붉은 빛깔의 맛있는 요리가 되어 있었다고 한다. 비록 실수로 탄생했지만 그는 이 요리를 극찬했는데, 이 요리가 바로 동파육이라는 것이다.

돼지고기는 기름기가 많고 칼로리가 높은 음식이라는 인식 때문에 꺼리고 먹지 않는 경우가 많지만, 사실 우리 몸에 이로운 작용을 많이 한다. 돼지고기에는 필수아미노산이 많이 함유돼 있는데, 필수아미노산은 인체가 스스로 만들어내지 못하거나, 혹은 만들어진다 해도 그 양이 적어 다른 음식을 통해 섭취해야한다. 따라서 돼지고기는 필수아미노산의 최대 공급원이라고 할수 있다.

비타민 B_1이 많이 들어 있어 피로를 해소하는 데도 도움이 된다. 돼지고기에 함유된 비타민 B_1과 단백질 그리고 껍질에 많이 들어 있는 콜라겐은 피부에 윤기를 더하고 매끈하게 해준다. 이뿐 아니라 철의 함유량도 높아 빈혈이 있는 여성에게도 좋다. 최근에는 이러한 효과 때문에 돼지고기를 즐겨 먹는 여성이 늘고 있다. 몸속 노폐물을 배출시키므로 돼지고기는 중금속이나 술, 담배에 많이 노출된 현대인에게 바람직한 음식이다.

돼지고기는 삼겹살부터 갈비, 족발, 보쌈 그리고 돼지 껍질 볶음에 이르기까지 먹는 부위와 조리 방법이 매우 다양하다. 한 마리에서 최소한의 것만 버리고 모두 먹는다고 할 정도로 다양한 형태로 즐기고 있는 것이 바로 돼지고기다. 이러한 돼지고기 중 우리나라 사람들이 서민 음식으로 가장 즐겨 찾는 것이 삼겹살인데, 동파육이 바로 삼겹살을 이용해 만든 음식이다.

중국 대륙을 흔든 정력가 마오쩌둥도 돼지고기를 즐겨 먹었으며, 로마의 줄리어스 시저 역시 돼지고기를 이용한 요리를 많이 먹었다. 마오쩌둥과 시저는 한 나라의 최고 권력자 위치에 있던 사람들로 끝없는 에너지와 열정으로 혁명을 일으켰다. 영웅

과 위인들이 즐겨 찾은 돼지고기는 맛과 영양이 뛰어난 데다 힘
의 원천이 되는 음식으로, 체력이 떨어지거나 기운이 허할 때 먹
으면 몸을 보할 수 있다.

동파육

재료 삼겹살(껍질 있는 부분) 500g, 물 4컵, 생강 1개, 마늘 2쪽, 월계수 잎 2장, 팔각 2개, 대파 1뿌리, 청주 2큰술, 통후추 1/2큰술, 정향 1/2큰술, 청경채 4포기, 소금 약간

소스 재료 삼겹살 삶은 물 3컵, 청주 1/2컵, 간장 7큰술, 흑설탕 5작은술, 굴소스 1큰술, 매실청 3큰술, 물엿 2큰술, 팔각 1개, 생강 1개, 마늘 1쪽, 녹말물 약간

1. 물 4컵을 부은 냄비에 손질한 삼겹살, 생강, 마늘, 월계수 잎, 팔각, 대파, 청주, 통후추, 정향을 넣어 50분간 끓인다.

2. 삼겹살을 삶은 물은 면 보자기를 깐 체에 밭쳐 기름과 재료를 걸러낸다.

3. 녹말물을 제외한 분량의 소스 재료를 섞어 삶은 삼겹살을 넣은 뒤 25분간 조린다.

4. 조린 삼겹살을 건져 200℃로 예열한 오븐에 넣어 15분간 굽는다.

5. 구운 삼겹살을 도톰하게 썬다.

6. 삼겹살을 건지고 남은 소스를 살짝 조려 녹말물을 넣어 농도를 맞춘다.

7. 청경채는 흐르는 물에 잘 씻어 끓는 소금물에 데쳐 물기를 뺀다.

8. 데친 청경채와 구운 삼겹살을 그릇에 담은 뒤 소스를 곁들인다.

07

열정적인
창작의
비밀

빈센트 반 고흐의 커피

네덜란드의 인상파 화가로 프랑스에서 활동
한 빈센트 반 고흐는 살아생전에는 작품을 인정받지 못했다. 그
럼에도 그림 그리는 것을 포기하지 않고 평생 열정적으로 작업
했으며, 그의 작품은 후대에 인정을 받게 되었다. 20대 후반에야
왕성하게 작품 활동을 시작한 고흐는 2000여 점의 작품을 거의
이 시기에 완성했는데, 특히 자화상을 많이 그렸다.

　　고흐의 작품 중 〈포름 광장의 카페테라스〉는 카페를 떠올리
면 가장 먼저 생각나는 작품이다. 일반적으로 '밤의 테라스' 혹은
'밤의 노천카페'라는 이름으로 불리는 이 작품은 고흐가 아를에

머물 때 자주 들르던 카페 '드 라르카사르'를 그린 것이다. 이 카페는 지금도 '밤의 까페'(Cafe la Nuit)라는 이름으로 영업을 하고 있으며 카페의 이름보다 '빈센트 반 고흐의 카페'로 더 유명하다.

평소 커피를 즐겨 마신 고흐는 카페에 앉아 작품에 대한 구상을 하고 영감을 얻었다. 그는 카페에서 다른 사람들의 초상을 그리기도 했으며, 즐겨 찾은 카페의 실내장식에도 많은 관심을 가질 정도로 커피 마시는 공간을 좋아했다. 또 그가 작품을 시작하기 전에 마시는 여러 잔의 커피는 그의 정신을 맑게 하는 데 큰 역할을 했다. 〈포름 광장의 카페테라스〉를 보면 커피에 대한 그의 애정이 각별했다는 것을 짐작할 수 있다.

커피는 칼디가 처음 발견했다는 설과 오마르가 처음 발견했다는 설, 이렇게 두 가지로 나뉜다. 첫 번째 칼디의 발견설은 에티오피아에 칼디라는 목동이 방목하던 염소들이 빨간 열매를 먹고 나서 밤에도 잠을 자지 않는 것을 보고, 직접 그 열매를 따서 먹어보았다는 데서 유래했다. 열매를 따 먹은 칼디는 밤에 잠이 오지 않았으며, 머리가 맑아지는 것을 느꼈다. 이를 기이하게 여겨 열매를 수도승에게 바쳤는데, 수도승들은 수행을 할 때 잠을

쫓고 머리를 맑게 하는 약으로 이 열매를 사용했다.

두 번째 오마르의 발견설은 왕에게 추방당한 아라비아의 승려 오마르가 혼자 떠돌다 어느 날 새들의 소리를 듣고 찾아갔다가, 새들이 붉은색 열매를 먹고 있는 것을 보고 주린 배를 채우기 위해 열매를 따 먹었다는 데서 유래했다. 그가 붉은 열매를 먹어 보니 배고픔이 금세 사라지고 기분이 상쾌해지면서 머리가 맑아졌다고 한다.

커피는 향이 풍부한 음료로 각성제 역할을 하며, 위장에도 효과가 좋다고 알려져 빠른 시간 안에 많은 사람들이 즐겨 찾는 음료로 자리를 잡았다. 이러한 효과 덕분에 의사들이 커피를 약으로 처방하기도 했다. 이후 유럽으로 건너간 커피는 동양의 진귀한 묘약으로 알려졌으며, 유럽인의 마음을 사로잡으며 빠르게 퍼져나가 많은 커피 하우스와 카페도 생겨났다. 이러한 공간은 당시 유럽의 시인, 배우, 예술가 혹은 지식인이 모이는 사교의 장이 되었다. 볼테르나 나폴레옹 역시 카페에 자주 다니며 커피를 마셨다고 한다.

커피를 약으로 사용하던 과거와 달리 지금은 식사의 마지막

코스를 장식하기도 하고, 사람들의 커뮤니케이션을 위한 하나의 도구로 쓰이고 있다.

커피는 석유 다음으로 많은 거래량을 자랑하는 작물이다. 최근에는 커피에 들어 있는 카페인 때문에 건강에 신경 쓰는 이들에게는 피해야 할 음료 일순위로 꼽히기도 한다. 하지만 커피가 나쁜 영향만 끼치는 것은 아니다. 커피는 어떻게 즐기느냐에 따라 효과에 차이가 난다.

커피에 들어 있는 니아신은 칼로리 소비를 늘려 다이어트에 효과가 있다. 소화액 분비를 촉진하고 장의 운동을 도와 소화가 잘되고, 이뇨 작용을 원활하게 해주는 효과도 있다. 두통을 완화하고 순간 집중력을 높여주기도 하며, 혈액순환이 좋아져 피로감도 없어지고 몸이 가뿐하다는 느낌이 들게도 한다. 우울한 기분을 없애고 밝게 만들어주는 항우울 효과가 있어 우울할 때 먹으면 기분을 좋게 해준다. 중간 정도로 로스팅한 커피는 항산화효과가 뛰어나 노화를 방지하며, 커피를 마시는 남성의 경우 남성호르몬인 테스토스테론의 작용이 활발해져 성 기능을 강화해준다. 따라서 하루 한두 잔의 커피를 마시는 것은 몸에 오히려 좋다.

하지만 커피에 좋은 점이 있다고 해서 무조건 많이 마시는 것은 피해야 한다. 카페인에 예민한 사람은 혈관이 확장되고, 심장박동 수가 높아지며, 부정맥이 생길 수도 있다. 카페인의 각성 효과 때문에 불면증이 생기기도 한다. 또 빈속에 커피를 마시면 위산의 분비가 증가되어 위에 부담이 생길 수 있다. 커피를 너무 많이 마시면 치사량의 카페인을 섭취할 수도 있는데, 한 번에 80~100잔 정도의 커피를 마실 경우가 그에 해당한다. 발자크는 하루 50~100잔 정도의 커피를 마셨다고 알려져 있는데, 이 수치 때문에 발자크는 커피 애호가라기보다 카페인 중독자라 불리기도 한다. 이처럼 너무 많은 양의 커피를 마시면 카페인 중독이 될 수도 있다.

고흐는 당시 많은 예술가처럼 커피를 즐겨 마셨는데, 특히 예멘 모카 마타리를 좋아했다고 한다. 예멘 모카 마타리는 커피의 여왕이라는 별명이 있으며, 세계 3대 커피 중 하나로 알려져 있다. 산도가 있으면서 풍부한 향이 특징인데, 다크 초콜릿의 맛과 향을 낸다. 고흐가 포름 광장의 카페테라스에 앉아 마신 것으로

유명해졌으며, 고흐 때문에 이 커피를 찾는 사람도 생겨났다.

짧은 생애 동안 열정적으로 작품 활동을 하고, 젊은 나이에 세상을 떠난 고흐에게 커피는 새로운 창작을 할 수 있도록 도와주는 원동력이었을 것이다. 작품에 자신의 정열을 모두 쏟아부을 수 있도록 도와주고 집중력을 높일 수 있었던 것은 커피에 있는 카페인의 각성 효과 때문이며 모차르트, 괴테, 바그너 같은 예술가들이 커피를 즐겨 마신 것도 같은 이유였다고 볼 수 있다. 즉, 예술가들은 커피를 마시며 정열적으로 창작 활동을 할 수 있었던 것이다.

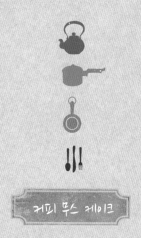

커피 무스 케이크

재료 우유 120g, 에스프레소 3큰술, 달걀노른자 1개 분량, 설탕 35g, 판 젤라틴 3g, 생크림 150g

▶ 무스 케이크 만들기

1. 냄비에 우유, 에스프레소를 넣어 데운다.

2. 달걀노른자를 볼에 푼 뒤 설탕을 넣어 섞는다.

3. 1에 2를 조금씩 넣어 섞는다.

4. 3에 물에 불린 판 젤라틴을 넣는다.

5. 4에 휘핑한 생크림을 넣는다.

6. 무스틀에 5의 반죽을 넣고 냉장실에서 굳힌다.

08

최고 권력자가
먹는
음식의 비밀

나폴레옹의 생굴

나폴레옹의 생굴

사람들은 최고 권력자들이 무엇을 먹고 마시는지 매우 궁금해한다. 최고 권력자에게는 온갖 좋은 음식과 산해진미를 맛볼 수 있으며, 최고의 상품만을 접할 수 있는 특권이 있다고 생각하기 때문이다.

옛날에는 왕의 식탁에 어떤 음식이 올라가는지 백성은 알지 못했으며, 안다 해도 구하기 어려워 똑같이 만들어 먹을 수 없었을 것이다. 하지만 요즘은 어떤가. 대통령이나 최고 권력자들이 먹는 음식을 일반인도 돈만 있으면 얼마든지 먹을 수 있게 되었다. 그래서인지 사람들은 요즘 과거 권력자들이 먹은, 그리고 현재 권력자들이 먹고 있는 음식을 찾곤 한다.

그중에서도 남성들은 프랑스의 군인이자 전 유럽을 상대로 전쟁을 벌인 나폴레옹이 어떤 식품을 즐겨 먹었는지 유독 궁금해한다. 끊임없는 영토 확장과 전쟁을 치러낸 영웅으로 알려졌기 때문이다. 나폴레옹이 즐겨 먹은 음식은 다름 아닌 '생굴'이다. 굴은 나폴레옹 외에도 정력가로 알려진 많은 남성이 가장 많이 먹은 식품이다. 시저, 앙리 4세, 루이 14세, 발자크, 비스마르크, 카사노바, 링컨 등 정열적이고 진취적인 인물들이 굴을 가까이했으며, 우리나라의 영조 대왕도 굴을 즐겨 먹은 것으로 알려져 있다.

프랑스는 요리에 대한 자부심이 매우 강한 나라다. 프랑스 요리는 요리의 예술이라 불릴 정도로 맛은 물론 아름다운 모양으로 유명한데 푸아그라, 송로버섯, 에스카르고, 생굴을 이용한 요리가 대표적이다. 나폴레옹은 이 중에서도 특히 생굴을 즐겨 먹은 것이다.

서양은 동양과 달리 음식을 익히지 않고 생으로 먹는 경우가 드문데, 그럼에도 거의 유일하게 날것으로 먹는 음식이 바로 굴이다.

고대에는 스칸디나비아 반도부터 지중해를 거쳐 그리스에 이르기까지 굴이 많이 서식했으나, 17세기 이후 대부분 사라져 지금은 양식으로 생산하고 있다. 우리나라의 경우 아직은 자연산 굴이 많고, 양식도 하고 있어 귀한 재료는 아니다.

서양은 전통적으로 달력에 'R'이 들어가는 달에 굴을 먹었으며, R이 없는 5~8월(May, June, July, and August)에는 먹지 않았다. 5~8월이 굴의 산란기이기 때문이다. 조개류는 산란을 하기 위해 에너지와 영양을 모두 쏟아부어 맛이 떨어지며, 자체의 면역력도 약해져 세균 감염이나 오염의 위험이 크므로 약간의 독성을 띠고 있다. 따라서 이 시기에는 조개류를 먹지 않는 것이 좋지만, 모든 굴이 이에 해당되지는 않는다. 우리나라의 바위굴 같은 경우 산란기가 9~10월이므로 여름에도 먹을 수 있다. 바위굴은 양식을 하기에 적당하지 않아 대부분 자연산이므로 여름철에 나는 바위굴은 맛과 영양 면에서 매우 좋은 식품이다.

굴은 특히 정력가들이 즐겨 먹은 것으로 유명하다. 그렇다면 실제로 정력에 좋은 걸까? 일반적으로 서양에서 굴은 자양강장의 의미로 인식해 남성에게 도움이 되는 식품으로 알려졌으며, 실제로 영양 면에서 매우 좋은 식품이다. 굴은 '바다의 우유'라 불릴 만큼 단백질 함유량이 많다. 특히 정력에 좋은 이유는 굴에 풍부하게 들어 있는 아연 성분 때문이다. 아연은 남성호르몬인 테스토스테론을 만드는 데 사용되므로 남성호르몬의 분비를 왕성하게 하면서 정자 생성에 기여한다. 또 굴에는 정자를 구성하는 성분 중 하나인 아르기닌이 풍부하게 들어 있어 굴을 즐겨 먹으면 남성의 정자 생성과 활동이 왕성해진다. 뿐만 아니라 도파민이라는 호르몬도 함유돼 있는데, 이 호르몬은 정력을 강화하는 것으로 알려져 있다. 비타민 E 역시 많이 함유돼 있으므로 불임을 예방하는 효과도 있다.

굴에 풍부하게 들어 있는 타우린 성분 역시 우리가 흔히 알고 있는 자양강장제 효과가 있다. 타우린은 혈전을 줄여주고, 시력 회복에 도움을 주며, 항산화 기능을 하므로 노화를 늦추는 데도 효과가 있다. 그 외에도 타우린은 체내에서 수분이 떨어졌을 때 수분을 채워주는 역할을 한다. 또 세포에 아미노산을 공급해 단백질의 합성을 촉진하므로 근육을 만드는 데도 효과적이다.

운동하는 사람들이 운동 도중 타우린 성분이 들어 있는 음료를 즐겨 마시는 것도 수분을 공급하고 근육을 만들기 위해서다. 피로 해소 음료에 타우린이 들어 있는 이유는 타우린이 간의 해독 작용을 도와 피로를 풀어주기 때문이다. 또한 타우린은 신경을 안정시키고 두뇌 발달에도 영향을 미치므로 수험생이나 성장기 아이에게 굴을 많이 먹이면 좋다.

굴은 단순히 남자들의 정력에만 좋은 것은 아니다. 세기의 미인이라 불리는 클레오파트라도 굴을 즐겨 먹었는데, 피부 미용에 이로운 작용을 하기 때문이었다. 우리나라 옛말에 '배 타는 어부의 딸은 얼굴이 까맣고, 굴 따는 어부의 딸은 피부가 하얗다'는 말이 있는데, 우리 선조 역시 굴이 여성의 피부에 좋다는 것을 이미 체험으로 알고 있었던 것이다.

《동의보감》에도 굴이 피붓결과 피부색을 아름답게 가꿔주는 것으로 나와 있다. 굴에 들어 있는 '아연' 성분 역시 단순히 성적인 면에만 영향을 미치는 것은 아니다. 아연은 피부 골격을 유지하는 데 중요한 영양소이기에 아연이 부족하면 피부에 문제가 생기거나 성장이 늦어질 수 있다.

특히 굴에는 칼슘과 철분이 많이 함유돼 있기 때문에 여성의 빈혈이나 골다공증을 예방하는 데도 좋다. 칼슘의 경우 우유를 마시는 것보다 흡수가 빠른 굴을 섭취하는 것이 훨씬 효과적이다. 철분은 피부를 맑고 환하게 해주며 피부병을 예방하기도 한다. 하지만 몸에 잘 흡수되지 않는 성분이므로 철분의 흡수를 높이는 아스코르브산을 많이 함유한 레몬과 함께 굴을 먹으면 궁합이 잘 맞는다. 굴을 먹을 때 레몬즙을 뿌리면 철분의 흡수를 높이는 것은 물론 굴 특유의 비릿한 냄새를 잡아주고 살균 효과도 있다. 하지만 레몬을 미리 뿌려놓거나 레몬에 재워두면 굴 맛이 떨어질 수 있다. 또한 굴 특유의 탱글탱글함이 사라지고 육즙이 빠져나가므로 먹기 직전에 레몬을 뿌리는 것이 좋다. 굴에는 섬유소가 없으므로 영양의 균형을 맞추기 위해 채소나 과일을 같이 먹는 것이 바람직하다.

단, 굴의 철분 흡수를 막는 타닌 성분이 들어 있는 밤이나 바나나 같은 식품은 굴과 궁합이 맞지 않으므로 같이 먹는 것을 피해야 한다. 굴은 익혀 먹으면 단백질 성분이 변해 흡수가 어려우므로 생으로 먹는 것이 영양 섭취를 효과적으로 할 수 있는 방법이다.

나폴레옹을 비롯한 많은 정력가들이 즐겨 먹었다 해서 정력에 좋은 식품으로 알려진 굴(실제로 〈담뽀뽀〉라는 일본 영화나 팀 버튼 감독의 책 《굴 소년의 우울한 죽음》 같은 작품에서 굴은 성적 암시를 준다)은 남성은 더욱 남성답게 그리고 여성은 더욱 여성답게 해주는, 바다가 인간에게 선물한 최고의 식품이다.

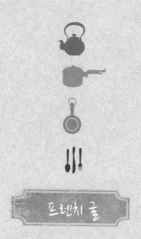

프렌치 굴

재료 생굴 350g, 레몬 1/2개, 소금 약간

1. 소금을 푼 물에 굴을 넣고 가볍게 문질러 씻는다.
2. 굴을 체에 걸러내고 소금물로 두세 번 헹군다.
3. 레몬은 슬라이스한다.
4. 레몬과 굴을 그릇에 담는다.

TIP

좋은 굴 선별법
1. 맑고 뽀얀 우윳빛을 띠고 있어야 한다.
2. 굴의 테두리에 검은색이 선명해야 한다.
3. 탄력이 있어야 한다.

왜 음식과 아름다움인가?

어느 날 점심을 먹기 위해 부산하게 전을 부치고 양념장을 만들어서 국수를 말고…… 그렇게 자리에 앉아서 만들어진 음식을 한입 밀어넣는 순간에 여러 가지 생각이 들었다. 과연 인간은 음식을 먹지 않고 살 수 있을까? 꼭 이렇게 번잡스럽게 오랜 시간에 걸쳐서 음식을 만들어야 하는 걸까? 정답은 매우 분명하다. 아마 인간은 음식을 먹지 않고 살 수는 없을 것이며, 이러한 사실은 인류가 존재하는 한 영원할 것이다. 음식을 먹는다는 것은 생명과 직접적으로 연관된 행위이기 때문에 특별한 대안이 없는 한 음식을 먹음으로써 생기는 에너지로 우리는 살아나갈 것이다.

21세기에 들어선 지금은 먹을거리가 부족해서 굶어 죽는다거나 생명에 위협을 느끼는 일은 거의 존재하지 않는다. 때문에 조금은 더 맛있는 음식을 분위기 좋고 서비스 좋은 곳에서 제공받기를 원하는 사람들이 늘어나고 있다.

나는 푸드스타일리스트다. 기왕이면 음식이 더 아름다워 보이게, 혹은 맛있어 보이게 연출하는 일을 직업으로 하고 있다. 이러한 일을 하다 보니 항상 아름다운 음식과 즐거운 분위기를 접할 수 있는 환경에 노출되어 있다. 처음 일을 시작했을 때는 음식은 맛만 있으면 됐지 그 이상 무엇이 필요하냐는 이야기를 많이도 들었다. 하지만 지금은 많은 사람들이 맛 이상의 아름다움과 스타일리시한 음식을 당연하게 생각하고 있다. 이러한 음식을 통해 정신적인 만족감을 얻고 있는 것이다.

음식은 반드시 먹어야 하며 영양학적인 측면의 여러 요소들과 함께 일상에서 떼려야 뗄 수 없는 패션과 같은 역할도 하고 있다. 과연 그렇다면 어떤 음식을 어떻게 먹으면 우리는 아름다워질 수 있을까? 이 책은 여기서부터 시작되었다. 음식을 통해 정신적인 풍요로움과 편안함을 가질 수 있다면 외적인 아름다움도 음식에 영향을 받을 수 있지 않을까? 이와 같은 궁금증은 한 시대를 풍미했던 아름다운 여성들이 먹었던 음식은 무엇이었을까 하는 데까지 발전되어 한 권의 책으로 엮이게 되었다.

따라서 이 책에선 당대 최고의 미인을 비롯한 역사적 인물들과 현재 가장 주목받는 연예인들이 즐겨 먹는 건강식을 다뤘다. 그들이 먹었던 음식의 영양적 측면을 역사적 배경과 레시피의 소개를 통해 좀 더 쉽게 접근했다. 최근 건강과 아름다움에 대한 관심은 최고조에 이르고 있다. 그에 따라 건강식에 대한 궁금증과 관심도 함께 올라갔다. 하지만 평범한 건강식 요리책은 이미 많이 출간되어 있다. 이런 기존의 요리책과는 차별화를 두기 위해 한 시대를 풍미했던, 또한 현재에 가장 주목받는 삶을 살고 있는 사람들의 식생활을 들여다볼 수 있도록 노력했다.

절세미녀 클레오파트라, 많은 여인들의 동경의 대상이었던 카사노바, 조선시대 최고 요부라 칭하는 장희빈, 20세기의 신데렐라 다이애나비는 어떤 음식으로 자신의 미모를 지켰으며, 사드 백작, 나폴레옹, 반 고흐는 어떤 건강식을 먹었을까?

예나 지금이나 먹거리, 특히 건강식에 대한 관심은 높을 수밖에 없다. 특히나 한 시대를 풍미했고 지금까지도 사람들의 입에 오르내리는 명사들이 먹었던 건강식과 그 가려진 뒷얘기는 언제나 관심의 대상이다. 이 책은 이러한 역사 속 인물들뿐만 아니라 현재에 주목받는 삶을 사는 인물들의 건강식 레시피와 세계적인 모델이나 연예인 등 셀러브리티가 즐겨 먹는 건강식도 소개해 현재의 흐름도 반영했다.

영양과 역사적 배경이라는 소재는 자칫 어려워지기 쉬운 내용이다. 그래서 흥미로운 에피소드를 첨가해 너무 딱딱하고 어렵지 않게 만들려고 노력했다. 또한 시간이 오래 흐른 만큼 역사 속 인물들이 먹었던 음식을 그대로 소개하면 현대인들의 취향을 잘 반영하지 못할 우려가 있어서 많은 고민을 했다. 때문에 이런 점을 감안해 이 책에 소개하는 레시피는 명사들이 먹었던 음식 그대로라기보다는 그들이 즐겨 먹었던 음식의 재료를 현대인들의 입맛에 맞는 레시피로 재구성한 것이다.

이러한 내용의 소개를 위해 음식에 대한 많은 자료를 따라가다 보니 음식이 다양하고 나라들이 다양한 만큼 많은 설들이 존재하고 있으며, 나라마다 그 역사와 의미의 차이가 있었다. 이렇게 다양한 음식과 그에 따른 역사나 의미를 모두 다룰 수는 없었기 때문에, 여러 설들 중에서 가장 무게가 많이 실려 있는 설과 그동안 소개되지 않았던 내용을 최대한 소개하려고 노력했다. 따라서 이 책을 접하는 독자들의 입장에서는 처음 듣는 이야기도 있을 것이며, 그동안 알던 내용과 다른 이야기도 있을 것이며, 이미 익숙한 이야기도 있을 것이다. 이러한 이야기들이 책을 접하는 독자들에게 잠깐이나마 즐거움을 줄 수 있다면 매우 기쁘겠다.

봄의 시작에서

유한나

참고 문헌

《위대한 한 스푼》 제임스 솔터 · 케이 솔터, 문예당, 2010

《테이블 코디네이트》 김진숙 · 유한나 · 전현정 · 이강춘, 백산출판사, 2008

《전통 한국 음식》 김명희 · 한지영 · 김진영, 광문각, 2005

《일본 요리》 오혁수 · 김홍열 · 김현룡 · 송청락 · 김정은 · 정수식, 광문각, 2010

《약이 되는 술》 류상채, 서해문집, 2001

《사랑과 음식》 김정희, 열매출판사, 2005

《기호품의 역사》 볼프강 쉬벨부쉬, 한마당, 2000

《음식 잡학사전》 윤덕노, 북로드, 2007

《왕과 대통령 101인의 정력 요리 이야기》 이부춘, 넥서스, 1997

《대가의 식탁을 탐하다》 박은주, 미래인, 2010

《악마가 준 선물 감자 이야기》 래리 주커먼, 지호, 2000

《홍차의 세계사 그림으로 읽다》 이소부치 다케시, 글항아리, 2010

《푸드 코디네이트 개론》 김진숙 · 김효연 · 유한나, 백산출판사, 2011

《친환경 음식백과》 최재숙 · 김윤정, 담소, 2011

《식도락 여행》 한스 페터 폰 페슈케 · 베르너 펠트만, 이마고, 2005

《조리 영양학》 이정실 외 5인, 백산 출판사, 2010

《전쟁이 요리한 음식의 역사》 도현신, 시대의창, 2011

《음식 문화의 수수께끼》 마빈 해리스, 한길사, 1992

《음식의 역사》 레이 테너힐, 우물이 있는 집, 2006

《빵의 역사》 하인리히 E, 야콥, 우물이 있는 집, 2005

《커피의 역사》 하인리히 E, 야콥, 우물이 있는 집, 2005

《꿀》 폴 바니에, 창해, 2002

《음식, 그 상식을 뒤엎는 역사》 쓰지하라 야스오, 창해, 2002

《워너비 오드리》 멜리사 헬스턴, 웅진윙스, 2009

《과일》 도미니크 미셸 외 4인, 창해, 2000

《커피》 김준, 김영사, 2004,

《음식과 요리》 해롤드 맥기, 백년후, 2011

《악마의 정원에서》 스튜어트 리 앨런, 생각의 나무, 2005

《식탁 위의 경제학》 사카키바라 에이스케, 이콘출판, 2007

《에스프레소 이론과 실제》 변광인 외 2인, 백산출판사, 2008

《카페의 역사》 크리스토프 르페뷔르, 효형출판, 2002

《Coffee & Tea》 황지희 외 4인, 파워북, 2009

《바리스타가 알고 싶은 커피학》 (사)한국커피전문가협회, (주)교문사, 2011

《그윽한 향의 와인 즐기기》 에드 메카시 외 1인, 펀앤런북스, 1996

《문명의 씨앗, 음식의 역사》 찰스 B, 헤이저 2세, 가람기획, 2000

《향기로운 삶을 연출하는 허브 & 아로마 테라피》 조태동 외 1인, 대원사, 2002

《현대인의 건강을 위한 식품보감》 계수경, 효일, 2009

《빈센트 반 고흐》 인고 발터, 마로니에북스, 2005

《기초 영양학》 김갑순 외 10인, 효일, 1998

《그림으로 본 음식의 문화사》 케네스 벤디너, 예담, 2007

《초콜릿 이야기》 정한진, 살림, 2006

《신 이야기 중국사2》 강영수, 좋은글, 2001

《피부 만찬》 김진숙, 담소, 2011

《Potato: A History of the Propitious Esculent》 John Reader, Yale University Press, 2011

《Cooking for kings》 Ian kelly, Walker & company, 2004

《The little black book of coffee》 Karen berman, Peter pauper press, 2006

《The many loves of casanova》Giacomo casanova, Holloway house, 2005

《Champagne & sparkling wine》Catherine fallis, iUniverse, 2004

《How to Be Lovely》Melissa Hellstern, Penguin Group USA , 2004

《The dictionary of American Food and Drink》Mariani, J, New York: Hearst, 1994

《Coffee : A Dark History》Antony wild, Lightning Source Inc, 2005

《A Passion for Coffee》HattieEllis, Ryland Peters & Small, 2006

《Coffee and Coffee House》Ulla Heise, Schiffer Pub Ltd, 1997

《The Art and Craft of Coffee》Kevin Sinnott, Quay side Pub Group, 2010

《A Garden Herbal》Anthony Gardiner, The Promotional Company Ltd, 1995

《Aroma therapy For Women》Maggie Tisserand, Healing Arts Press, 1996